화성의 폐허

화성의 폐허

초판 1쇄 인쇄 2025년 5월 23일
초판 1쇄 발행 2025년 5월 30일

지은이 정명섭, 설재인, 장아미, 김이환
펴낸이 박세현
펴낸곳 서랍의 날씨

기획 편집 곽병완
디자인 김민주
마케팅 전창열
SNS 홍보 신현아

주소 (우)14557 경기도 부천시 조마루로 385번길 92 부천테크노밸리유1센터 1110호
전화 070-8821-4312 | **팩스** 02-6008-4318
이메일 fandombooks@naver.com
블로그 http://blog.naver.com/fandombooks

출판등록 2009년 7월 9일(제386-251002009000081호)

ISBN 979-11-6169-343-9 (03810)

화성의 폐허

서랍의날씨

목차

헤븐

_정명섭

고속 엘리베이터에서 내리자마자 낮은 안개가 낀 도시가 한눈에 내려다보였다. 145층에서 바라본 헤븐은 천국이라는 별명에 걸맞게 환상적이었다. 하지만 기준에게는 경치를 감상할 여유 따위는 없었다. 2시간 12분 전 적도 상공 3만 2천 킬로미터 상공에 있던 인공위성 나인 아이즈(Nine Eyes)에서 13 타워와 연결된 브리지에서 폭발로 추정되는 고온이 발생한 것을 감지했다. 헤븐 전용회선으로 화면을 전송받은 헤븐의 행정국은 경비과 사고 처리반에게 출동 명령을 내렸다. 사고 처리반은 1시간 9분 전에 현장에 도착했다. 그리고 한참 현장 수습 중인 48분 전에 시신이 발견되었다. 경비과 분석 요원이 스캐너를 대 본 결과 손등에 삽입된 RFID(무선 전자태그)로 퍼플 카드 소지자라는 사실이 밝혀졌다. 그리고 기준이 근무하는 제4과로 연락이 온 것이다. 화약 반응 탐지기로 벽을 스캔하던 경비과 오스카가 아는 척을 했다.

"어쩐 일이야? 시체 수거용 로봇이 고장이라도 난 거야?"

"새로 오신 과장님이 현장을 직접 보고 오라잖아."

"한국 정부에서 파견 나온 여자?"

"응, 근데 누구라 그랬지?"

"강진섭, 카드 넘버가 퍼플 J - 345771이야. 여기 사인하고 인수해."

오스카가 팔목에 차고 있던 UIC(United Intelligence Communicator : 통합 정보 단말기) 화면을 보여줬다. 엄지손가락으로 화면을 건드리자, 사망자 관련 정보들이 제4과와 기준의 UIC에 인계되었다는 표시가 떴다. 영종도 근처 인공 섬에 만들어진 자유무역도시 헤븐에서는 공식적으로 범죄가 존재하지 않는다. 헤븐의 거주민들은 크게 세 종류로 나뉜다. 타워에 거주하는 부유층들과 센트럴 지역과 지하 구역에 사는 센트럴 거주민, 그리고 관광 비자를 받고 들어오는 관광객들이다. 타워의 부유층들은 당연히 범죄를 저지르지 않는다. 설사 저지른다고 해도 누구도 신고하지 않는다. 센트럴 거주민들은 범죄를 저지르면 추방이기 때문이다. 길거리에 껌을 뱉거나, 술집에서 주먹다짐을 벌이거나, 어쨌든 모두 추방이다. 대한민국보다 평균 3배나 높은 임금을 받으며 모든 세금이 없고, 북유럽 수준의 복지혜택에 비싼 명품들을 면세로 살 수 있는 권리가 주어지는 헤븐에서 쫓겨나고 싶어 하는 거주민들은 없다. 그래서 그들도 범죄를 저지르지 않는다. 비자를 받고 들어온 관광객들 역시 범죄 행위를 저지르면 즉각 추방당하고, 다시는 헤븐에 들어올 수 없다는 사전 교육을 충실히 지키는 편이다. 그래도 사건이 벌어지면 헤븐의 행정국은 온갖 수단을 동원해서 사고로 포장한다. 왜냐하면 이곳은 사건이 벌어지면 안 되는 천국이니까.

"그나저나 어떻게 죽은 거야?"

"화약을 깔고 담배를 피우다가 떨어뜨린 모양이야."

"사고야? 아니면…."

오스카는 대답 대신 UIC의 화면을 가리켰다. 하단 오른쪽에는 푸른색 글씨로 자살이라는 글씨가 깜빡거렸다. 수긍은 되었지만, 호기심까지 순순히 고개를 끄덕거리지는 않았다.

"자살일까?"

"헤븐에서?"

기준의 물음에 긍정이나 부정 어디에도 속하지 않는 오스카의 애매한 대답이 돌아왔다.

"하긴, 근데 이 많은 화약은 어디서 구했을까?"

"무기 공장이라도 털었겠지. 그럼 수고해. 까마귀."

오스카는 낄낄대며 동료들에게 돌아갔다. 기준은 끌고 온 처리용 로봇의 정보처리 네트워크에 사망자의 정보를 넘겼다. 정보가 담긴 압축된 전자 파일이 넘어가자, 로봇은 아래에 접혀 있던 삽날로 시신을 퍼 올려서 집어삼켰다. 몸통의 신축형 튜브가 마치 아나콘다가 거대한 먹잇감을 삼킬 때처럼 늘어났다. 로봇에 내장된 스캐너가 시신을 스캔하는 동안 기준은 현장을 둘러봤다. 브리지는 타워 간의 이동을 위해 설치했다. 3킬로미터가 넘는 타워의 간격 때문에 불가능하다는 의견이 다수였지만 헤븐의 기술진은 현수교처럼 타워에 케이블을 걸어서 브리지를 지탱했다. 공사가 중단된 13 타워와 연결된 브리지는 기본 LED 조명만 흐릿하게 들어온 상태였다. 사고 처리반이 정리한 현장은 깔끔했다. 벽에 살점이 달라붙지도 않았고, 피가 사방으로 튀지도 않았다. 아직 가시지 않은 매캐한 화약 냄새와 폭발로 인한 천정의 작은 구멍만 아니었다면 죽음 같은 건 상상조차 못 할 것 같았다. 이 사람은 왜 이렇게 어둡고 음습한 곳에서 자기 몸을 스스로 날려버렸을까? 이런저런 생각에 빠져 있던 중에 그의 스마트폰이 울렸다. 신임 과장의 호출이었다.

"시신은 인수했어요?"

"네, 처리용 로봇에 넣었습니다. 곧장 소각장으로 가져가겠습니다."

"음, 절차상 우리가 인수했으니 일단 검사실에서 봤으면 좋겠는데요."

망할, 일을 만드는군, 속으로 짜증을 낸 기준은 공손히 말했다.

"사인이 명확한데 굳이 그럴 필요가 있겠습니까?"

"폭발로 사망한 것만 나왔지. 누구 짓인지는 모르잖아요."

설상가상으로 잘 나가던 로봇이 덜컹 멈춰버렸다. 투덜대며 UIC에서 고장 대처 매뉴얼을 찾는 사이 로봇이 다시 앞으로 움직이기 시작했다. 과장이 장난질을 쳤을지 모른다는 생각에 화가 치밀어 올랐다.

"과장님, 제가 살펴본다고 했잖아요."

"내가 이동명령을 내린 게 아니에요."

죄송하다고 대답한 기준은 팔목에 찬 스마트폰으로 경비과 오스카에게 따졌다.

"인수할 거면 아까 인수하지 웬 생쇼야?"

"내가 아니라 보안팀 녀석이 그런 거야."

"보안팀? 게네들이 왜 퍼플 카드에 신경을 쓰는데?"

"낸들 아냐?"

시신 처리용 로봇의 본체에 내장된 액정에는 오스카의 말대로 보안팀의 조슈아 콜이 이동명령을 내렸다는 처리 내용이 보였다. 그 사이 개미처럼 부지런히 달린 처리용 로봇은 고속 엘리베이터에 올라타더니 뒤도 안 돌아보고 내려가 버렸다.

"인수한 지 딱 39분 만에 소각처리를 끝내고 56분에 사망 신고서가 나왔습니다. 이건 기네스북감인데요."

3년 전 헤븐의 행정국과 대한민국 간에 체결된 인사 교류 협정에 따라 양측의 공무원들이 서로 파견 근무했다. 대한민국 행정자치부에서 파견한 신임 여자 과장 고윤숙은 40대 초반의 약간 통통한 몸매에 평범한 외모였지만 대학 졸업과 동시에 행정고시를 패스한 수재였다. 하지만 대한민국의 행정 개혁은 여전히 진행 중이었다. 그녀는 삼성전자에서 새로 개발된 무선 BCI(Brain Computer Interface : 뇌의 신호만으로 컴퓨터를 조작할 수 있는 장치)를 쓰고 헤븐의 통합 전산망을 들여다보는 중이었다. 대한민국 정부에서는 헤븐의 행정 시스템을 배우기 위해 매번 엘리트들을 보냈다. 통합 전산망과 연결된 모니터에서는 각 타워와 센트럴의 사건 사고들을 실시간으로 보여줬다.

"왜 그렇게 서둘렀대요?"

"보안 팀은 최고 행정관과 감찰실 외에는 누구한테도 자기 일을 설명하지 않습니다."

"그 얘긴 나도 들었어요. 어떻게 처리할 생각이죠?"

"우리가 처리할 건 없습니다. 아! 처리용 로봇을 돌려받아야 합니다."

"법령집을 살펴봤는데 사고 때문인 사망은 유가족들이 진상 조사를 요구하는 경우가 종종 있다면서요?"

"퍼플 카드 소지자는 사고 발생 시 헤븐에 책임을 묻지 않겠다는 각서를 씁니다. 누가 뭐라고 한들 신경 쓰지 않으셔도 됩니다.

"이번 사망자는 좀 복잡할 것 같아요. 그게 어디 있더라?"

신임 과장은 서랍에서 서류 파일을 하나 꺼냈다.

"사망자는 센트럴에서 시험 운행 중인 기아 - 벤츠사의 전기버스 운전기사였어요. 기아 - 벤츠사의 노조는 헤븐의 무인 운행 정책을 가장 강력하게 비판하는 민주 통합 운송 노조 소속이죠."

"여긴 대한민국의 공권력이 미치지 않는 곳입니다."

기준은 짜증 나는 속마음을 최대한 감추고 공손하게 대답했다. 하지만 과장은 그런 기준에게 애매한 미소를 지었다.

"미안하지만 나중에 딴소리가 나오지 않게 조사를 좀 해줬으면 좋겠는데요."

"조사요? 그건 관리과에 맡기시죠."

"방금 협조 요청 공문을 보냈는데 거절당했어요. 현장에 처음

나갔으니까, 마무리를 지었으면 좋겠는데요."

망했다. 속으로 중얼거린 기준은 컴퓨터 모니터에 얼굴을 처박고 웃는 팀원들의 얼굴이 머릿속에 떠올랐다.

"사망자의 행적만 조사하면 됩니까?"

"네, 혼자 힘들 테니까 내가 도와줄 사람을 붙여주죠."

NO, 기준은 속으로 부르짖었다. 신이여! 이번 달은 여자도 안 만나고, 술도 안 마셨나이다. 그런데 왜 이런 시련을 주십니까! 믿지도 않는 신에게 원망하는 사이 하이힐이 움직이는 소리가 바로 옆에 멈췄다. 고개를 돌리자 비쩍 마른 20대 중반의 여자가 두툼한 뿔테 안경을 끌어 올리며 얼굴을 빤히 쳐다보는 중이었다.

"와! 혼혈이에요?"

다행히 기준이 대답하기 전에 과장이 끼어들었다.

"인사하세요. 나랑 같이 인사 교류 과정을 밟고 있는 이연두 양입니다."

"연지라니까요. 어디예요? 미국? 영국?"

하도 많은 질문을 받았던 기준은 마치 녹음된 테이프를 틀어놓은 것처럼 대답했다.

"아버지가 미국 사람, 어머니는 한국 사람, 미국식 이름은 카이런 기준 엘리엇, 한국식 이름은 어머니 성을 따서 정기준."

"어차피 연지 양의 담당 업무가 휴대용 단말기를 이용한 통합 정보처리 시스템 쪽이니까 견학하는 셈 치고 함께 다녀요. 별도의 보고서는 필요 없으니까 조사 후에 말로 보고하세요."

과장의 말에 기준은 속으로 한숨을 쉬었다.

촌뜨기 아가씨는 센트럴을 걷는 내내 감탄사를 내뱉었다.

“사람들이 왜 헤븐을 좋아하는지 알겠어요. 최신형에 최첨단까지, 예쁜 건물들 하며, 길거리에 쓰레기 하나 없고, 무단 횡단하는 사람도 안 보여요.”

“무단 투기는 벌점 30점, 무단 횡단은 벌점 35점이야.”

“한국에서는 길거리에 쓰레기 버리면 벌금이 15만 원이지만 여전히 버리던데요.”

촌뜨기 아가씨의 대답에 기준은 고개를 저었다.

“여긴 벌점 30점이면 추방이거든. 그리고 사람들이 여길 좋아하는 진짜 이유는 바로 이거야.”

기준은 손목에 찬 UIC의 액정화면을 그녀에게 보여줬다. 제일 아래 칸에 대한민국 국무총리가 오늘 오전에 전격 사임했다는 짤막한 속보가 흘러나왔다.

“별명이 아마 미스터 클린이었지? 근데 까 보니까 장난 아니었잖아.”

“맞아요. 예나 지금이나 변한 게 하나도 없긴 하죠.”

“여긴 선거도 없고, 부패한 정치인도 없고, 뇌물을 주거나 인맥을 동원할 일도 없어. 전셋값이 올랐다고 걱정하지 않아도 되고, 병원비가 없어서 발을 동동 구르지 않아도 돼. 한마디로 그냥 사고만 안 치고 일하면 다른 일에는 신경 안 쓰고 살 수 있어.”

"진짜 헤븐이라 이 말이죠."

"진짜 천국은 없어. 다만 천국처럼 보일 뿐이지."

"원래 그런 식으로 말해요?"

연지의 질문을 무시한 기준은 손목에 찬 UIC로 강진섭의 이동 경로를 확인했다. 까치발로 딛고 서서 기준의 UIC를 훔쳐본 연지가 또 물었다.

"이게 뭐예요?"

"사망자 동선, 타워 거주자를 제외한 모든 거주자는 손등에 RFID가 심겨 있어. 신용카드 대신 결제를 할 때 사용하기도 하고, 교통수단을 이용할 때 사용하지. 사용기록을 보면 일상생활을 확인할 수 있지."

"감옥이나 다름없네요."

연지의 질문에 기준이 쓴 웃음을 지었다.

"대신 범죄를 저지를 생각은 포기하게 되지. 그나저나 이상한데?"

"뭐가요?"

"너무 얌전하게 지냈어. 봐, 숙소랑 직장만 로봇처럼 오갔잖아."

"그게 뭐가 이상해요?"

"여긴 헤븐이야. 관광객 말고 거주민으로 여길 들어오려면 경쟁률이 얼마인 줄 알아? 그렇게 들어왔는데 범생이처럼 숙소랑 직장만 오간다고? 하다못해 관광 구역의 클럽에만 가도 여기 거주민이랑 썸싱을 갖고 싶어 하는 관광객 아가씨들이 줄을 선 판국인데 말이야. 하다못해 사우스 빌리지의 해수욕장이나 요트 센터에도 안 들렀어."

"몇 군데 드나들긴 했네요. 헬스클럽, 명상센터, 그리고 유기농 식품 판매점."

"기껏 들어와서 수도승처럼 살지는 않았을 텐데 말이야."

고개를 갸웃거린 기준에게 연지가 물었다.

"그런데 여기 기차랑 버스는 컴퓨터가 운전하나요?"

"아직, 시범 운행 중이야. 사실 센트럴 타워의 교통관제 터미널에서 인간이 조종하니까 완전 무인은 아니지."

"어쨌든 대중교통에 운전사가 없다면 좀 불안할 것 같아요."

"처음에 기차가 만들어졌을 때 사람들은 그걸 타면 질식하거나 목이 부러질 거라고 믿었어. 사람들은 이상하게 개인차량이 자동화되는 건 환영하면서 대중교통이 무인화되는 건 적극 반대해. 운송 노조는 그걸 이용해서 일자리를 지키려고 하지. 하지만 이제 무인 자율주행은 일상화되었잖아. 오히려 인간이 몰 때보다 사고가 덜 나는 편이라는 통계도 나왔어."

기준은 이해할 수 없다며 고개를 절레절레 내저었다. 사망자의 근무지였던 서클라인사 앞에는 미리 연락받은 담당자가 기다리는 중이었다. 토시로라고 자신을 소개한 일본인 관리자는 꽤 능숙한 한국어로 대답했다.

"에, 강진섭 씨는 열심히 일하는 직원이었습니다. 이달의 최우수 사원 상도 두 번이나 받았고, 사소한 접촉 사고 한번 내지 않았죠. 서비스 평점도 우수했어요."

토시로는 들고나온 업무용 단말기 모니터로 사망자의 근무태도 기록을 보여줬다.

"강진섭 씨가 정확하게 하던 일이 뭡니까?"

기준의 물음에 토시로는 한숨을 쉬면서 대답했다.

"사람들은 말이죠. 이상하게 자기 부상 열차는 그냥 넘어가는데 도로의 버스가 무인화되는 건 거부감을 느낍니다. 그래서 이런 방법을 쓰죠."

토시로는 운행을 마치고 돌아오는 버스를 세우더니 운전석을 가리켰다. 파란 유니폼에 파란 모자 차림의 마네킹 로봇이 핸들을 잡고 있었다. 인조 피부와 모발을 한 로봇은 토시로에게 명랑하게 말했다.

"오늘 운행도 즐거웠습니다."

"고생했어. 마크, 들어가서 쉬게."

버스가 회사 안으로 들어가자 토시로가 한숨을 쉬었다.

"저 로봇이 가장 많이 하는 말이 뭔 줄 아십니까? '이 버스는 제가 아니라 통제센터에서 운행합니다. 안심하고 탑승하세요.' 입니다."

"저런."

"사실은 로봇이나 통제센터가 아니라 자율주행을 하는 버스입니다. 하지만 사람들의 반응 때문에 로봇을 앉혀놨고, 거짓말을 하는 겁니다. 사실, 로봇은 대화 기능이 있는 정도고, 통제센터에서는 비상사태에 대비해서 대기하는 것에 불과하죠."

"이런, 사람들이 알면 아무도 안 탈 겁니다."

"정말 웃긴 게 뭔지 아십니까? 저 로봇이 고장 나면 사람이 대신 핸들을 잡는다는 겁니다."

"사람이 기계를 대체한다는 말씀인가요?"

"초기 모델이라 수리하는 데 시간이 걸리고, 승객들에게 가끔 사람이 운전하는 걸 보여줘야 하기 때문이죠. 강진섭 씨는 그런 운행을 도맡아 해서 평판이 좋았죠."

"주말이나 근무가 없는 날은 뭘 했나요?"

"잘 모르겠습니다."

"가깝게 지낸 동료는요?"

"별로요. 말이 없는 타입이라서 가깝게 지낸 동료는 없습니다."

"그 친구가 13 타워에 갈만한 일이 있을까요?"

기준의 질문에 토시로가 고개를 저으며 대답했다.

"각성제라면 아닙니다. 우리 회사는 2주에 한 번씩 직원들의 DNA를 추출해서 금지약물이 검출되면 바로 추방하니까요."

직장은 시작에 불과했다. 명상센터의 소장은 그가 열성적으로 수업에 참여했다고 말했고, 헬스클럽의 트레이너도 엄지손가락을 치켜세웠다. 연지가 투덜대며 물었다.

"다 똑같은 얘기뿐이네요. 이제 어디 남았죠?"

"병원."

"어서 오십시오."

오른쪽 가슴에는 오홍민이라는 이름이 새겨진 금속 명찰을 붙인 원장이 웃는 얼굴로 우리를 맞이했다. 원장실로 안내한 그가 조심스럽게 물었다.

"저희는 위생 검사에서 별문제가 없었는데 무슨 일입니까?"

"이 사람 누군지 기억하십니까?

오홍민은 강진섭의 사진을 보고는 눈살을 찌푸렸다.

"이름이?"

"강진섭입니다."

그가 자리에 있는 컴퓨터를 들여다보고는 고개를 끄덕거렸다.

"우리 환자였군요."

"무슨 병으로 온 거죠?"

"그냥 건강 검진이죠. 그리고 레이저 내시경 한번, 두 달 전 방문한 게 마지막이군요."

"직접 검진하셨나요?"

"아뇨, 의료 로봇과 진찰하고 상태가 나쁘면 저와 다시 상담하게 됩니다. 이 환자는 저한테까지 올 정도로 상태가 심각하지 않았던 것 같습니다."

때마침 인터폰에서 손님이 기다리고 있다는 얘기가 들리면서 대화는 끝났다. 기준은 그에게 명함을 건네주고 연지와 함께 병원 밖으로 나왔다. 병원 문을 나서자마자 연지가 중얼거렸다.

"이상한데요?"

"뭐가?"

"아까 온 인터폰이요. 나오면서 봤는데 데스크에서는 수화기를 들고 있지 않았어요."

"다른 곳에서 왔나 보지."

"인터폰에서는 분명히 손님이 기다리고 있다고 했잖아요?"

"돌아가서 문을 발로 뻥 걷어차고 멱살을 잡을까? 그러면 지하실에 납치한 여자들이 갇혀있다고 자백할지 모르잖아."

"원래 이렇게 비아냥거리세요?"

"비아냥은 벌점이 없거든."

"쓸데없는 조사라고 생각하시는군요."

연지의 질문에 기준이 고개를 끄덕거렸다.

"헤븐 스타일은 아니지."

"하긴 천국에서 살인 사건이 나면 안 되겠죠."

"여길 헤븐이라고 부르고 숭배한 건 바깥이었어."

기준은 턱으로 오렌지색 패스포트를 목에 걸고 안내용 로봇의 뒤를 졸졸 따라다니는 관광객들을 가리키면서 덧붙였다.

"여기가 헤븐이라고 이름 붙여진 가장 큰 이유는 무인 자기부상 열차나 스마트폰으로 집 밖에서 전자레인지를 돌릴 수 있는 신기술이 넘쳐흐르기 때문이 아니야."

"그러면 뭔데요?"

"아이들이 길거리에서 납치당하거나, 젊은 여성이 늦은 밤에 강간당할 걱정을 하지 않아도 돼. 부자들이 경호원을 데리고 다니지 않아도 되고, 자릿세를 뜯는 깡패도 없어. 파란불일 때 주위를 살펴보지 않아도 차에 치일 염려가 없고, 뺑소니 같은 건 상상도 하지 못하지. 아파서 병원에 가도 병원비 걱정은 안 해도 돼. 입주하는 동안 가족 규모에 맞는 집이 무료로 임대되고 바깥에서는 값비싼 사립학교 수준의 학교 역시 학비가 면제되지. 사람들은 여기가 자본주의가 만들어 낸 '괴물'이라고 비아냥거리지. 하지만 여기가 대한민국의 근로 기준법이 가장 잘 지켜지는 거 알아? 통일이 휩쓸고 지나간 대한민국이 치솟은 범죄율이랑 인플레, 부패한 정치인들에게 허덕거리는 동안 헤븐이 해낸 일이야."

기준의 대답에 연지는 아무 말도 하지 못했다.

"직장서부터 병원까지 다 뒤져봤는데 이상한 점은 없었습니다."

병원을 마지막으로 사무실로 돌아온 기준은 과장에게 보고했다.

"착실하게 지낸 게 이상하다고 했다면서요?"

과장의 질문에 기준은 연지를 찾았다. 하지만 그녀는 어디로 숨었는지 보이지 않았다.

"그렇긴 하지만 이번 죽음과 연관이 있는 것 같지는 않습니다."

"수고했어요. 사망자의 행적을 조사한 보고서를 작성해 주세요."

짤막하게 얘기하고는 모니터를 들여다보는 고 과장에게 알겠다고 대답한 기준은 자리로 돌아왔다. 연관이 없다고 대답하긴 했지만, 의문들이 머리 주변을 위성처럼 빙빙 돌았다. 그의 경험상 장기 파견근무자들은 헤븐에서 지내는 동안 악착같이 재미를 보려고 들었다. 하염없이 모니터를 들여다보다가 하단부에 뜬 긴급 공지문으로 눈길이 갔다. 공지문을 읽은 기준은 맞은편에 앉은 직원에게 물었다.

"어이, 조 대리. 이 병원 뭐야?"

"무슨 병원이요?"

"새터 병원, 위생 상태 불량으로 위생관리법에 의거 폐쇄 명령이 내려졌잖아, 병원장 오홍민은 추방형을 선고받았고."

"총무과 위생 점검팀이 본보기로 사설 병원 몇 군데 조진다고 하던데 그건가 봐요."

"그렇다고 약식기소도 하지 않고 추방해?"

"긴급 명령인 걸 보면 더 윗선에서 내려온 것 같은데요?"

그리고 침묵이 흘렀다. 기준은 점점 더 의심이 깊어졌다. 다음날 그에게 뜻밖의 전화가 왔다.

"누구라고요?"

"오홍민입니다."

상대방이 너무나 담담하게 얘기하는 바람에 스마트폰을 떨어뜨릴 뻔했다.

"지금 망명 중입니다."

기준은 주변에 아무도 없는 것을 확인하고는 스마트폰에 대고 소리쳤다.

"당신 미쳤어?"

"협상을 하고 싶어서 전화를 드렸습니다."

"전화 끊겠습니다."

"강진섭씨가 왜 죽었는지 궁금하지 않습니까?"

마음속에서 천사와 악마가 싸웠다. 그냥 끊어버리라는 점잖은 충고를 날린 천사는 얘기를 좀 더 들어보라는 장난꾸러기 악마에게 카운터펀치를 맞고 나가떨어졌다.

"전화는 위험하니까 30분 후 13 타워 앞, 뼈다귀 무덤에서 봅시다."

스마트폰을 들고 말없이 사무실 밖으로 나오면서 중얼거렸다.

"그냥 얘기만 듣는 거야. 아니지, 자수를 설득하러 가는 중이야. 그 김에 새 차도 한번 타 보는 거지 뭐."

"뭘 그렇게 중얼거려요?"

헤븐 콜라를 홀짝거리는 연지가 뻔히 쳐다보면서 물었다. 기준이 별 일 아니라고 얘기하고는 계속 걸으려고 하자 연지가 앞을 가로막았다.

"궁금한 게 있었는데요. 13타워는 왜 완공이 계속 미뤄지는 거죠?"

"전설 못 들어봤어?"

기준이 귀찮은 듯 대꾸했다.

"합리성과 효율로는 둘째가라면 서러워할 헤븐이 귀신을 무서워한다고요?"

연지가 말도 안 된다는 표정으로 얘기하자 기준은 헤븐의 행정국이 항상 하는 공식적인 답변을 옮겼다.

"바람의 영향이라든지, 자외선과 일조권 문제도 있지. 사실 초기 설계는 좀 부실한 측면이 있었어."

"그것보다는 완공 50년 후에 대한민국에 귀속되는 걸 피하기 위한 꼼수인 것 같은데요?"

"맘대로 생각해. 아무리 천국이라고 해도 약간의 착오나 실수, 어둠 같은 건 있어야 하잖아."

"근데 어디 가요?"

"비밀, 시간 되면 아래층 검사실도 견학하지 그래?"

"거기서 오는 길이에요. 같이 가요."

기준은 못 들은 척 지하 주차장으로 내려가는 엘리베이터에 탔다. 지하 주차장 한쪽에는 이제 시험 주행을 마친 기아-벤츠사의 인공지능 전기 자동차 KB-IH 록키가 기다리는 중이다. 지문 인식 장치로 시동을 걸고 지하 주차장을 빠져나와 스마트하이웨이(Smart Highway)에 올라탔다. HUD(Head Up Display :전방표시장치)에서 전방 유리창에 도로 상황과 목적지까지의 거리를 알려주는 정보를 띄웠다. 차의 인공지능이 스마트 하이웨이의 통합 관리망과 접속해서 목적지까지의 최적화 경로를 찾아냈다. 중국에서 넘어오는 황사 경보 때문인지 길거리는 한산했다. 정확하게 27분 13초 만에 목적지에 도착했다. 헤븐의 각 타워 앞에는 상징적인 조형물이 하나씩 서 있다. 13타워 앞에는 엘 드라코라는 예명을 쓰는 스페인 전위 예술가가 진짜 사람과 동물의 뼈로 만든 자그마한 탑 모양의 조형물이 서 있었다.

거주민들은 그걸 보고 그냥 뼈다귀라고 불렀다. 이 뼈다귀는 13 타워와 외부의 경계선이었다. 이런저런 이유로 공사가 중단된 13번째 타워는 점차 범죄자들의 은신처가 되었다. 주로 센트럴 거주민이 추방형을 받고 도피한 경우였다. 이들은 자신들을 난민 혹은 망명자라고 불렀다. 헤븐의 행정국은 13 타워의 난민들을 방치했다. 대신 거주민들이 이 안으로 들어가게 되면 금지구역 출입이라는 명목으로 추방형을 선고받는다. 반대로 13 타워에 거주하는 망명객들이 밖으로 나오면 불법 거주로 추방당한다. 반면 이런저런 이유로 13타워 안으로 들어가는 거주민들도 있다. 이들은 자신을 스스로 망명자라고 불렀다. 차가 멈추자마자 스마트폰이 울렸다.

"오른쪽 문 열어요."

오른쪽 시저도어(Scissor door : 위쪽으로 열리는 도어. 걸윙 도어라고도 불린다)을 열자마자 뼈다귀 근처에서 서성거리던 그림자가 후다닥 달려와서 올라탔다. 기준은 문이 닫히자마자 다시 스마트 하이웨이로 접어들었다. 상황이 이렇다 보니 자연스럽게 반말이 나왔다.

"왜 망명한 거야?"

"살고 싶어서."

오홍민의 대답에 기준이 코웃음을 쳤다.

"그럼 얌전히 추방당하면 되잖아."

"그러다가 1년쯤 지나서 차에 치이든지, 집에 불이 나서 죽겠지."

"누가 그러는데?"

"그들, 헤븐을 움직이는 올림포스들 말이야."

"맙소사, 헛소리 더 할 거면 내려 드리지."

오흥민이 백미러를 쳐다보면서 얘기했다.

"난 유전자 분자 배열 방식에 따른 성장 염색체 추출법을 연구하는 중이었어. 그러려면 건강한 육체는 기본이었지."

"몸도 튼튼, 마음도 튼튼해야 한다. 이 말이군. 세상은 넓고 사람들은 많은데 왜 하필 헤븐이지?"

"타워 거주자들의 유전자가 제일 우수하니까."

"어떤 방식으로 유전자를 채취하려고 했는데? 몸을 팔거나 마약을 공급하면서? 헤븐에서 매춘은 기소 후 추방형이야."

기준의 질문에 오흥민이 고개를 저었다.

"머리카락이나 타액만으로도 유전자를 추출할 수 있어. 우린 뜻을 같이하는 사람들을 모아서 표본을 채취해서 연구하는 일을 해. 불법적인 일은 아니야."

"허락 없이 유전자를 채취하는 게 불법이 아니라고?"

"대한민국에서는 불법이지만 여기는 관련 법규가 없잖아."

오흥민은 씩 웃으면서 대답했다.

"좋아. 그 일이랑 강진섭의 죽음과 무슨 연관이 있는 거지?"

"한 달 전부터 병원 주변에 이상한 자들이 보였어. 회원들한테 미행당하는 것 같다는 얘기도 들었고 말이야."

"그들이 누군데?"

"지난주에 촬영한 거야."

오홍민이 호주머니에서 꺼낸 스마트폰의 동영상을 보여주었다. 새터 병원 앞을 지나가는 스마트 하이웨이의 일시 정지 코너에 붉은색 아우디 카리우스 전기차 한 대가 주차 중이었다. 그가 스마트폰의 줌을 조정하자 살짝 열린 창문으로 원형 렌즈가 잡혔다.

"5분 넘기면 주차 단속 로봇이 와서 딱지를 끊는데 이 차는 2시간 내내 이러고 있었지."

"이 자들이 강진섭을 죽였다는 거야?"

"이틀 전에 그가 자신을 미행하던 자들의 정체를 알아냈다고 연락했어."

"그래서 제거당했다? 영화를 너무 많이 본 거 아니야?"

기준의 비아냥에 오홍민이 긴장한 표정으로 대답했다.

"일종의 경고였지. 그 친구 얘기로는 그들은 자기들을 크립테이아라고 불렀데.

"듣다 보니까 다른 얘기가 생각났는데 말이야."

기준은 안전벨트를 만지작거리는 척하면서 대시보드 안에 넣어둔 텀블링 건을 꺼내서 그의 코앞에 갖다 댔다.

"너는 포주고 죽은 강진섭은 밑에서 일하는 놈이지. 근데 돈 문제 가지고 다투다가 그놈이 폭로한다고 하니까 거기로 유인해서 펑! 어때? 크립테이안지 킹 크랩인지는 너희 조직 이름이고 말이야."

"그렇게 안 봤는데 상상력이 빈곤하군. 내가 왜 널 골랐는지 알아?"

"잘 생겨서?"

"눈을 보면 알지. 넌 호기심을 못 참는 성격이잖아."

그냥 속 편하게 쏴버릴까 고민하는 와중에 후방 충돌 경고음이 울렸다. 뒤를 돌아보니 붉은색 현대 X-GER이 바짝 붙는 중이었다. 핸들을 고쳐 잡고 액셀을 힘껏 밟았다. 하지만 헤븐 안에서 카 체이싱을 했다가는 당장 추방감이었다. 다행히 상대방도 영화처럼 소형 로켓을 쏘거나 범퍼로 들이받는 짓을 하지는 않았다.

"그들이 대체 왜 당신들을 노리는 거야?"

"회원들이 계속 미행당하고 감시당하다가 별다른 이유 없이 추방당한 걸 보면 녀석들은 헤븐의 행정국을 움직일 힘이 있는 것 같아. 아마 우리들의 실험이 자신들의 기득권에 도전하는 것처럼 보였나 봐."

듣다 보니 설득력이 있는 말이었다. 헤븐의 행정국 안에 이너서클이 존재한다는 얘기는 오래전부터 들려왔다. 그들은 헤븐에 대한 외부의 간섭을 극도로 싫어했고, 자신들이 모르는 일이 내부에서 진행되는 것도 싫어했다. 작년 대한민국 정부에서 비밀리에 국정원 요원들을 잠입시켰다가 발각된 일 때문에 반년 가까이 냉전을 벌인 적도 있었다. 만약 비밀 실험이 진행되고 있는 걸 알았다면 오홍민의 얘기대로 추방 정도로 끝내지는 않았을 것이다. 쫓아오는 자의 정체가 명확하지는 않지만 어쨌든 이 자와 있는 게 누군가에게 들켜서는 안 됐다.

"젠장, 차 문 열 테니까 영화처럼 뛰어내릴 수 있어?"

"13타워로 돌아갑시다. 나만 안으로 들어가면 당신은 안전하잖아."

추격자를 달고 13 타워로 돌아가는 동안 오홍민이 몇 가지 얘기를 더 해줬다. 어제 내가 돌아간 이후 갑자기 위생과에서 나와서 관행적으로 넘어가던 의약품 유통 기한을 핑계 삼아 추방 명령을 내렸다는 것이다. 헤븐 밖으로 나가면 오히려 위험할 것 같아서 망명을 결심했다고 말했다.

"그런데 왜 나한테 협상하자고 한 거야?"

"안전을 보장받기 위해서."

오홍민의 얘기에 기준은 어이가 없다는 표정을 지었다.

"위생과의 말단 직원이 무슨 힘이 있다고?"

"우리 쪽도 크립테이아에 관한 정보가 몇 가지 있어."

"망명자 말을 누가 믿는다고?"

"아이필드에 그놈들이 강진섭을 죽였다는 명백한 증거를 숨겨뒀지. 내 안전을 보장받는 조건이 수락되면 그걸 넘겨주지."

"미안하지만 추방 명령이 내려진 당사자의 재산은 모두 몰수돼. 그 창고에 뭐가 들어있는지는 모르지만, 지금쯤 행정국에서 먼지 하나까지 털어봤을걸?"

"조치는 취해놨어. 그리고 사전 정보 없이 들어가 보면 뭐가 뭔지 모를걸."

추격자보다는 과속 방지 카메라와 접촉 사고를 더 신경 쓰는 괴상한 카 체이싱은 13 타워의 조형물이 보이면서 끝날 기미를 보였다. 출발지인 13 타워 앞 조형물에 거의 도달할 무렵 오홍민이 말했다.

"일단 차에서 내려서 말을 좀 붙여 봐요. 그동안 안으로 도망치겠소."

기준은 오흥민의 말대로 뼈다귀 앞에 차를 세우고 수동으로 시저도어를 열었다. 뒤따르던 현대의 급정거하는 소리가 들렸다. 최대한 느릿하게 걸어가면서 텀블링 건의 안전장치를 해제했다. 만약 순찰 중인 사복 보안팀 직원이라면 일이 복잡해졌다. 이런저런 생각을 하며 걸어가는데 검게 선팅한 현대의 창문이 열렸다. 이상한 느낌에 걸음을 멈춘 기준의 눈에 반쯤 열린 현대의 창문으로 총구처럼 생긴 게 빠져나오는 게 보였다. 기준이 바닥에 엎드림과 동시에 굉음과 함께 하얀 연기가 머리를 스치고 지나갔다. 매캐한 연기를 뒤집어쓴 기준이 콜록거리려는 찰나 방금 내린 그의 차가 굉음과 함께 폭발해 버렸다. 불길에 휩싸인 채 허공에 붕 떠오른 차는 그대로 산산조각 났다. 폭발에 떠밀려 휘청거리던 기준의 눈에 창문을 닫고 후진하는 현대가 보였다. 분노와 두려움들이 기준으로 하여금 텀블링 건의 방아쇠를 당기게 하였다. 텀블링 건에서 발사된 하얀 전자 펄스가 현대의 사이드미러를 박살 냈다. 후진하던 현대는 스마트 하이웨이가 과속차량을 막으려고 쳐 놓은 진입 방지 그물에 걸렸다. 가까이 다가가면서 계속 방아쇠를 당겼다. 앞 유리창에 전자 펄스가 만든 작은 실금들이 번져나갔다. 진입 방지 그물에 막힌 현대는 전속력으로 그에게 달려왔다. 기준은 마지막 한 발을 쏘고 옆으로 몸을 날렸다. 바닥에 떨어진 플라스틱 탄창을 짓밟은 현대는 유유히 사라져 버렸다.

폭발 후 3분 41초 만에 경비과 사고처리반이 도착했다. 그리고 사고처리반이 도착한 지 34분 30초 후에는 고윤숙 과장이 팀원들을 이끌고 도착했다.

"데톡신이랑, ROT가 나왔습니다."

검시관의 마이클 주임이 고윤숙 과장에서 스캐너를 보여주며 설명했다.

"그게 뭔데요?"

"데톡신은 군용 추진체로 주로 사용하는 액체 연료고, ROT는 분자물질을 추출해서 만든 폭발 물질입니다."

주변을 둘러본 마이클 주임이 덧붙였다.

"며칠 전 발생한 13 타워 브리지 폭발 사고 현장에서 검출된 것과 같은 성분들입니다."

"로켓처럼 날아왔는데요?"

옆에서 설명을 듣던 기준의 말에 마이클 주임이 스캐너를 뚫어지게 바라보면서 대답했다.

"데톡신도 발화점이 높다는 단점이 있긴 하지만 꽤 괜찮은 폭발물이야. 거기다 브리지 폭발 사고도 폭발물이 아니라 로켓으로 쏜 것일 수도 있고. 파편을 수거해서 살펴보긴 해야겠지만 아무래도 같은 방식인 것 같아."

"그럼 강진섭을 죽인 자가 저를 노렸다는 얘깁니까?"

기준의 물음에 마이클이 어깨를 으쓱거렸다. 키가 190센티미터가 넘은 백인이었지만 볼록 나온 배에 대머리라서 유독 여자들한테 인기가 없었다.

"조수석에 시신이 있습니다."

차의 잔해를 살펴보던 조 대리가 소리쳤다. 맙소사! 도망칠 틈이 없었나 보군. 팀원들이 시신의 신원을 확인하느라 법석을 떠는 사이 고윤숙 과장이 조용이 물었다.

"누굽니까?"

"오홍민, 강진섭이 속한 조직의 우두머리였습니다. 크립테이아란 조직이 자신들을 감시했다고 말하더군요."

"그 조직의 소행일까요?"

고윤숙 과장의 물음에 기준이 고개를 저었다.

"잘 모르겠습니다. 이제 어쩌죠?"

고윤숙 과장이 대답하려는 찰나 아우디에서 제작한 검은색 전기 자동차 로드 스타가 보였다. 감찰실이 뜬 것이다.

그로부터 사흘 동안 온갖 심문과 자술서가 기준을 괴롭혔다. 다행스러운 점은 시신의 훼손 상태가 심해서 신원이 파악되지 않은 것이다. 기준은 폭파된 차량에서 탄 동승자의 신원을 묻는 감찰실 직원의 질문 공세에 시달렸다. 기준은 미행자를 확인하기 위해 차에서 내리면서 잠금장치를 깜빡 잊었고, 주변을 어슬렁거리던 망명자가 차에 숨어 들은 것 같다고 변명했다. 물론 믿는 눈치는 아니었지만, 차에서 발견된 시신의 신원 확인 작업이 늦어지면서 한숨을 돌렸다. 자리로 돌아온 기준에게 맨 처음 아는 척을 한 것은 연지였다.

“고생 많았어요. 선배.”

“위로야? 약 올리는 거야?”

“둘 다죠. 그나저나 이제 어떻게 수사할 거예요?”

“주위를 둘러봐. 여기가 경찰서야? 아니면 무슨 정보기관 사무실이야? 여긴 다들 시체처리반이라고 부르는 곳이야.”

“하지만 사람이 두 명이나 죽었잖아요.”

“둘 다 사고사야.”

기준의 대답을 들은 연지가 말도 안 된다는 표정을 지었다.

“폭탄이 터졌는데 사고라고요? 테러범이 헤븐을 어슬렁대는데 걱정 안 돼요?”

“타워 거주자만 안전하면 그만이야.”

“미안하지만 선배를 노렸던 무기라면 타워도 위험해요.”

“그게 무슨 소리야?”

기준의 물음에 연지가 가방을 챙기면서 따라오라고 손가락질했다. 한숨을 쉰 기준은 연지를 따라갔다. 복도로 나온 연지는 CCTV가 없는 구석 창가로 그를 데려갔다. 가방을 연 연지는 접는 모니터와 키보드를 꺼냈다. 두루마리처럼 말려진 모니터를 펴서 창틀에 세워놓은 연지가 키보드를 쫙 펼친 다음 연결칩을 끼웠다. 한 손으로 키보드를 능숙하게 두드린 연지가 턱으로 접는 모니터에 떠오른 이미지를 가리켰다. 고개를 옆으로 빼서 모니터를 쳐다본 기준이 물었다.

“이게 뭔데?”

“솔탐 2W라는 무기에요. 이스라엘의 솔탐사에서 개발한 무긴데 밀폐된 장소에서 쓸 수 있는 휴대용 발사무기로 길이가 46센티미터에 무기가 2.1킬로그램이라 차량 같은 곳에서 쏘기에 안성맞춤이죠.”

“이걸로 날 쐈단 말이야?”

기준의 물음에 연지가 고개를 끄덕거렸다.

“이걸 쏠 때 반대편 창문을 열지 않았죠? 비슷한 중국제 무기가 하나 있고, RPG-7의 개량형 중에 차량이나 집 안에서 쏠 수 있는 게 있긴 한데 둘 다 반대편 창문을 열지 않고 쏘면 후폭풍 때문에 차 안이 난리가 나요. 헤븐에 어떻게 이게 들어왔는지는 모르겠지만 이걸 차에 싣고 다니면서 빌딩에 쏴댄다면 막을 방법이 없다는 얘기죠.”

“하긴, 외부의 공격이라면 모르겠지만 내부에서 이런 식으로 공격하면 막을 방법이 없지.”

기준은 모니터에서 반복 재생되는 발사 영상을 보면서 중얼거렸다.

“왜 이런 일이 벌어지는 거죠?”

연지의 물음에 기준은 잊고 있었던 기억이 떠올랐다.

“오홍민이 아이필드의 창고에 뭔가를 숨겨놨다고 했어. 잠깐만.”

기준은 연지가 들고 있던 키보드를 뺏어서 행정국의 터미널로 들어갔다. 오홍민의 재산 소유상태를 확인하자 현금 약간과 헤븐 전용 펀드 목록 제일 뒤에는 새터 병원 명의로 된 소형 임대 창고가 하나 떴다. 물론 행정국에서 압류 조치를 취했다는 표시가 떴다. 옆에서 지켜보던 연지가 물었다.

"아이 필드(I - Field)는 뭐에요?

"헤븐 북쪽에 캐노피가 씌워진 땅 봤지. 처음에 헤븐을 건설할 때 중공업 단지로 설정했던 곳이야. 그런데 계획이 변경되면서 공장 대신 조력 발전소랑 쓰레기 소각 시설, 그리고 헤븐으로 반입되는 물건들을 쌓아두는 창고로 쓰고 있지."

"헤븐에 공장이라, 안 어울려요."

"헤븐의 정식 명칭이 이프리트(IFRIT : IN - CHON FREE FRADE & RESTRICTED INDUSTRAIL TOWERS)잖아. 처음에 여론을 무마하기 위해 공업단지라고 내세우는 바람에 시늉이라도 내야했지."

"대학생때 아이 필드의 비밀이라는 다큐멘터리를 봤는데요."

연지의 말에 기준이 코웃음을 쳤다.

"핵무기 만드는 공장이나 인조인간을 만드는 공장이 있다고 얘기하던 그 엉터리 다큐멘터리?"

"아뇨. 작년에 나온 속편에는 돈 많은 부자에게 불사의 삶을 주는 연구를 하는 비밀연구소가 있다고 했어요."

연지가 키득거리면서 대답하자 기준이 발끈했다.

"망할, 왜 이렇게 헤븐을 못살게 구는데? 헤븐이 아니었으면 통일할 때 모라토리엄 선언하고 쫄딱 망할 뻔했던 거 기억 못하나?"

"어차피 헤븐이 천사라서 대한민국을 도와준 건 아니잖아요."

“세리(SERI : 삼성경제연구소의 영문 약칭)에서 매년 발표하는 헤븐 관련 보고서는 읽어봤어?”

“알아요. 센트럴 거주민의 60퍼센트가 한국인이고, 외국 관광객이 헤븐을 방문하면서 대한민국에 뿌리고 간 돈이랑 각종 투자로 얻은 간접효과를 합하면….”

“621억 달러지. 그리고 헤븐의 무관세 정책으로 가장 큰 이득을 보는 건 대한민국이야. 그런데 인터넷으로 떠도는 음모론을 사실인 것처럼 방송하고 그걸 철석같이 믿는 이유는 뭔데?”

“너무 잘난 이웃을 둔 두려움이죠. 예전의 북한은 그냥 미친 이웃이었다면 헤븐은 똑똑하고 냉정한 미친 이웃이니까요.”

연지의 대답에 기준이 피식 웃었다.

“솔직해서 좋군. 사실대로 말하면 공장은 뻥이고, 골프장을 만들려고 했나 봐. 근데 황사랑 바람을 막느라 캐노피를 씌우는 바람에 망했지.”

“왜요?”

“부자들은 가림막 아래서 골프를 치지 않거든.”

“그나저나 거기에 있는 창고는 왜요?”

“오홍민이 죽기 전에 나한테 아이필드에 이번 사건의 비밀을 풀 수 있는 중요한 증거를 숨겨뒀다고 했어. 물론 그 창고는 압류 조치가 취해지긴 했지만, 오홍만은 그것까지 미리 예상했다고 했거든.”

“그럼, 가명으로 빌렸단 말인가요?”

“여긴 금융실명제가 철저하게 시행되고 있어. 가명으로 창고를 구매할 수는 있지만 임대료를 가명으로 낸 게 걸리면 추방이야. 뭔가 다른 방법을 썼을 거야."

기준은 키보드에 이름을 하나 입력했다. 옆에서 지켜보던 연지가 입력된 단어를 또박또박 읽었다.

"강진섭? 지난번에 폭파 사고로 죽은 사람이잖아요."

"맞아. 병원에 환자로 드나들면서 모종의 실험을 함께 한 모양이야."

"하지만 이 사람도 창고를 가진 게 없는데요?"

검색 결과를 본 연지가 중얼거리자, 기준은 고개를 저었다.

"이 사람과 같은 시간대에 새터 병원에서 치료받은 사람 중에 창고를 가지고 있는 사람이 있는지 확인해 보는 중이야."

"수사관처럼 말씀하시네요. 그러고 보니 선배, 우리 CSI 같지 않아요?"

신이 난 연지의 말에 기준이 심드렁하게 대꾸했다.

"아니, 우린 까마귀야."

"왜 하필 그런 별명이 붙었어요?"

"지금은 안 입는데 예전에는 시체 처리하고 인수할 때 검은색 작업복을 입었거든, 그리고 내가 범인을 찾아야 할 이유도 달라."

"뭔데요?"

기준은 감찰실에서 받은 경고장을 연지에게 보여줬다.

"오, 헤븐도 종이를 쓰네요?"

눈을 동그랗게 뜬 연지가 물었다.

“경고장같이 안 좋은 일에만 쓰지.”

“이건 뭐예요? 손해 배상명령?”

“그 차는 기아 - 벤츠사에서 행정국에 기증한 거야. 사고 발생 시에는 당사자가 손해 배상을 해야 해. 더군다나 공무 중도 아니었거든.”

“그 차 꽤 비싸 보이던데요?”

“위로해 줘서 고마워.”

경고장을 호주머니에 집어넣은 기준이 덧붙였다.

“하지만 누구 짓인지 알아내면 찻값을 안 물어내도 돼. 감찰실에 범인을 찾아달라고 얘기했지만 요지부동이야.”

“차를 확인해 보면 되잖아요.”

연지의 말에 기준이 고개를 저었다.

“현대차는 헤븐에서만 2만 대 이상 돌아다녀. 거기다 절반이 타워 쪽 사람들 소유고, 뒷조사를 함부로 했다가는 그날로 끝장이야. 그러니까 감찰실의 신경을 건드리지 않는 선에서 조사해야 한다는 뜻이지. 안 그러면 2년 치 월급이 고스란히 임시압류될 테고, 인사고과에는 빨간 줄이 그어질 거야.”

기준의 설명을 들은 연지가 주먹을 불끈 쥐고 대답했다.

“제가 도와드릴게요. 기운 내세요. 선배.”

아이 필드는 헤븐을 메우면서 없어진 6개의 섬 중 하나였다. 헤븐의 설계자들은 북쪽으로 사마귀처럼 톡 튀어나온 그곳의 활용법을 고심하다가 골프장이라는 답을 내놨다. 어차피 매립에 필요한 골재를 얻기 위해서라도 산과 언덕을 깎아내야만 했으니까, 일거양득이라는 생각에 무릎을 쳤다고 한다. 하지만, 중국에서 불어오는 황사와 바람을 막으려고 씌운 캐노피가 문제였다. 18홀짜리 골프장은 텅 비었고, 궁금해하는 골프장 직원에게 프랑스에서 온 타워 거주자가 부자들은 캐노피 아래서 골프를 치지 않는다는 답을 남겼다. 결국 헤븐의 행정국은 캐노피를 철거하는 것 보다 비용이 더 적게 드는 용도 변경을 감행했다. 푸른 잔디 위에는 흙과 콘크리트가 부어졌고, 매끈하게 다져진 땅은 헤븐의 지저분한 창고 역할을 했다. 해가 떨어질 무렵 도착해서 관리 사무소에서 출입 허가를 받는 와중에 연지가 캐노피 위를 바쁘게 오가는 로봇을 가리키며 물었다.

"저게 뭐예요?"

"윈도우. 창문 닦는 로봇이야."

"와 꼭 거미처럼 생겼어요. 안에 사람도 없고 창고뿐인데 닦을 필요가 있나요?"

"안에 있는 사람들이 아니고 바깥쪽에서 보는 사람들에게 깨끗한 모습을 보여주기 위해서야."

두 사람이 아이필드의 관리 사무소를 통과하고 제일 먼저 만난 것은 굵고 하얀 굴뚝들이다. 지하에 설치된 에너지 전환 발전소와 쓰레기 소각 시설의 매연들을 뿜어내는 곳이다. 굴뚝들을 지나자, 컨테이너와 슬레이트 창고들이 다닥다닥 붙어 있는 광경이 보였다. 중간마다 서 있는 램프 덕분에 어둡지는 않았지만 헤븐과는 다른 분위기였다. 기준은 장난스럽게 그녀에게 말했다.

“아이 필드에 오신 걸 환영합니다.”

“여기서 어떻게 그 사람들의 창고를 찾죠?”

“이걸로.”

기준은 팔목에 차고 있던 UIC를 보여줬다. 아까 세팅해둔 프로그램대로 두 사람의 위치와 창고의 위치들이 붉은 실선으로 나왔다.

“죽은 강진섭과 같은 시간대에 병원에 드나든 헤븐 거주민 중에 아이필드에 임대 창고를 가진 사람은 모두 열두 명이야. 차례로 뒤져보면 뭔가 나올 거야.”

“사무소 옆에 있는 전기 순찰차 쓰면 1분도 안 걸리잖아요.”

“아이필드는 타워 거주민들도 출입 허가를 받지 않으면 못 들어오는 곳이야. 과장님이 출입증을 끊어주긴 했지만, 차량 허가증까지 무리야.”

기준은 랜턴으로 바닥을 비추면서 앞으로 나갔다. 홀로그램에서는 현 위치와 목적지 간의 거리가 차근차근 줄어들었다. 영화에서처럼 복면을 쓴 무장 괴한은 나타나지 않았다. 다만, 헤븐에서 맛볼 수 없었던 지독한 적막이 두 사람을 맞이했다.

“너무 더워요. 이럴 줄 알았으면 헤븐 콜라 몇 개 챙겨 오는 건데.”

연지가 투덜거리는 사이 기준은 창고에 붙은 번호들을 랜턴으로 비추다가 걸음을 멈췄다.

“여기다.”

UIC를 컨테이너의 바코드에 갖다 대자 철컥거리며 문이 열렸다.

"어머, 무슨 용접기나 만능열쇠로 여는 거 아니었어요?"

"헤븐의 행정국 직원은 필요하다고 판단될 시에는 센트럴 거주민의 재산을 조사할 권리를 가진다. 헤븐 행정법 제23조 91항."

기준은 헤븐 행정법의 한 구절을 들려주고는 컨테이너 안으로 들어섰다. 컨테이너 안은 비닐로 래핑한 가구와 인형들로 가득했다. 랜턴으로 구석구석 비춘 기준이 고개를 저었다. 밖으로 나온 기준이 문을 닫고 다음 창고를 찾았다. 그런 식으로 컨테이너를 일일이 뒤져보던 기준과 연지는 여덟 번째 창고 앞에 섰다. 기준이 UIC로 문을 열자 연지가 낑낑대며 열어젖혔다. 창고 안에 갇혀있던 눅눅한 공기와 어둠이 기다렸다는 듯 덤벼들었다. 기준이 랜턴으로 안쪽을 비췄다.

"와 정말 영생을 위한 비밀연구소가 있었네."

기준은 연지의 감탄사를 뒤로하고 안으로 들어섰다. 컨테이너 안은 각종 약품과 실험기구들로 가득 찬 의약품 연구실처럼 꾸며져 있었다. 랜턴을 끈 기준은 가지고 온 스마트폰으로 컨테이너 안을 촬영했다. 촬영을 마친 기준이 중얼거렸다.

"새터 병원은 동양 의약이랑 레이저를 이용한 간단한 1차 검진만 하는 곳이야. 이렇게 복잡한 실험실을 타인 명의로 비밀리에 운영할 이유가 없어."

"그럼 이건 뭐죠?"

"글쎄."

기준이 창고 안을 물끄러미 바라보는데 손목에 차고 있던 UCI가 갑자기 활성화됐다. 그러고는 화면 하단부에 '즉시 대피, 위험'이라는 글씨가 찍혔다. 기준은 구식 디지털카메라로 촬영 중이던 연지를 잡아끌었다.

"왜요?"

"기분이 안 좋아."

밖으로 나왔지만, 찜찜한 기분은 여전했다. 기준의 불안감을 느꼈는지 연지가 어둠을 돌아보면서 중얼거렸다.

"뭐에요. 선배."

"일단 나가자."

기준은 그녀의 손목을 잡아끌고 입구 쪽으로 뛰었다. 하지만 몇 걸음 떼기도 전에 낯선 소리가 들려왔다. 기계의 관절이 구동할 때 나는 칙칙한 기계음에 귀를 기울이는 찰나 실험실로 개조된 컨테이너가 폭발했다. 활짝 열린 문으로 뿜어져 나온 불길이 삽시간에 컨테이너를 집어삼켰다. 훅 떠밀린 두 사람은 바닥에 나뒹굴었다. 바닥에 쓰러진 연지가 울상이 된 채 기준에게 물었다.

"여긴 범죄율 제로 아니에요?"

"죽거나 다친 사람 없잖아. 그냥 사고야."

투덜대며 몸을 일으키던 기준은 머리 위에서 비치는 레이저 홀로 포인트에 순간적으로 시력을 상실했다. 비명을 지르며 텀블링 건을 뽑아 든 그의 귓가로 차가운 기계음이 들렸다.

- 저항을 포기하고, 무기를 내려놔라. 저항을 포기하고 무기를 내려놔라.

기준은 보이지 않는 목표물을 향해 텀블링 건의 방아쇠를 당겼다. 그리고 거의 동시에 가슴에 쪼개지는 통증과 함께 의식을 잃어버렸다.

의식이 돌아온 기준을 맞이한 것은 의료용 로봇이 쏜 나노레이저의 푸른빛이다. 지난번처럼 한가득 출동한 헤븐의 공무원들은 폭발한 컨테이너의 화재를 진압하고 주변을 수색했다. 아이필드의 관리 사무소장은 한쪽 구석에 서서 발 빠르게 수색용 무인 이착륙기용 아이(Dragon Eye)가 정당한 절차에 의해 전기 충격을 사용했다는 보고서를 단말기로 작성 중이었다. 사건의 또 다른 주인공인 드래곤 아이는 프로펠러를 윙윙거리며 관리 사무소장의 머리 위를 얌전하게 비행 중이었다. 보고서 작성에 열중하느라 공격 모드를 해제하지 않았는지 상부의 삼각 지지대의 관측 센서와 텀블링 건을 개조한 발사 장치가 수많은 방문객을 향해 조준과 해제를 반복했다.

"이제 보니까 비를 부르는 게 아니라 폭발을 부르는 남자였군. 옛날 같았으면 한 자리 해 먹는 건데 아쉽겠네."

경비과 오스카가 또 속을 긁어놓고 지나갔다. 나노 레이저로 그의 몸을 살펴본 의료용 로봇은 별다른 외상이 없지만 일단 병원에 가서 자세한 진찰을 받아야 한다는 판단을 모니터로 보여줬다.

"선배가 총에 맞고 퍼덕거리는 거 빼고는 정말 영화 같았다니까요."

연지도 어디서 구했는지 모를 헤븐 콜라를 홀짝거리며 속을 긁는 데 가담했다.

"다치지 않았다니 다행이네요. 일단 승인해 준 대로 긴급 위생 점검 목적으로 방문했다고 설명할게요. 자세한 건 내일 얘기해요."

강진섭의 시신을 옮겼던 시신 처리용 로봇과 부상자를 병원으로 옮기는 의료용 로봇의 차이점은 적재 칸의 생명 유지 장치의 부착 여부였다. 의료용 로봇의 내부에 수납된 기준이 삑삑거리는 기계음을 들으며 병원으로 가는 내내 복잡해진 머리는 식을 줄 몰랐다. 며칠 안정을 취하라는 의사의 말을 무시하고 다음 날 출근했다. 역시 제일 먼저 다가온 것은 연지였다.

"13타워 앞에서 난 폭발 사고 때 사라진 차 있잖아요. 그 차 사이드미러 파편에서 단서를 찾았어요."

"미안하지만 더는 목숨 걸고 싶지 않아."

"들으면 분명히 궁금하실 거예요."

"흥미 없어."

그녀가 기준의 말을 무시하고 품에 안고 있던 단말기 화면을 보여줬다.

헤븐의 행정국이 가진 특권 중 하나는 센트럴 거주자에 대한 광범위한 조사권과 심문권이다. 누구든, 언제든 행정국 정규 직원이 호출하면 응해야만 했다. 서클 라인사의 토시로는 사무실 한쪽의 회의실에 얌전히 앉아서 기다렸다가 그와 연지가 들어서자, 자리에서 일어났다.

"무슨 일로 찾으셨습니까?"

"이거 때문이죠."

기준은 가져온 현장에서 수거한 사이드미러의 이미지가 뜬 단말기 화면을 그에게 보여줬다.

"며칠 전에 13 타워 앞에서 일어난 폭발 사고 현장에서 수거한 사이드미러 잔해입니다. 당신이 사흘 전에 수리를 맡긴 차량의 고장 부분과 딱 일치하더군요."

"거기 갔던 건 사실입니다."

"미행이 취미인가요?"

"차량 개조가 취미입니다. 드라이브 중에 새 차를 발견하고 뒤따라간 거죠. 그러다 갑자기 차가 폭발하고 당신이 총을 쏴서 도망친 겁니다."

토시로가 술술 대답하자 기준이 씩 웃었다.

"하긴, 저도 처음에는 목격자 진술 정도로만 들으려고 했거든요, 근데 몇 가지가 더 나왔지 뭡니까."

노트북의 화면이 바뀌자 토시로의 얼굴이 살짝 일그러졌다.

"죽은 강진섭은 무인 운행에 반대하는 민주 통합 운송 노조 소속이죠. 작년에 당신이 기아 - 벤츠사에 특채되었던 명목이 바로 노조 활동에 대한 자문과 직원 관리였고요?"

"맞습니다."

"헤븐 내에서 조직을 결성하는 것도 불법이지만 그것을 감시, 통제하는 행위 모두 금지되어 있다는 걸 알고 있죠?"

"우리 회사는 헤븐에 무인 전기 버스를 운용하기 위해 적지 않은 돈을 투자했습니다. 강진섭은 무인 운행을 반대하는 노조원일 뿐 아니라 유전자 연구를 내세운 비밀 조직에도 관여했습니다. 둘 중 하나만 터져도 회사 이미지에 악영향을 미칩니다."

"그래서 감시하다가 제거했나요?"

"퇴근 후 행적을 조사한 건 사실이지만 죽이지는 않았습니다."

"조사해 보니까 강진섭이 13 타워 브리지에서 산산이 조각날 때 바로 근처에 있었더군요."

"13 타워로 접근해서 관찰 중이었습니다."

"뭘 봤는지 털어놔 봐요."

"폐쇄된 브리지로 들어가는 걸 보고 뒤따라갔죠. 통로 중간에서 누구랑 만나서 얘기를 나누고 돌아오다가 꽝하고 날아가 버렸죠."

"얘기를 나눈 사람이 누구였죠?"

기억을 떠올리는지 한쪽 눈을 찡그린 토시로가 대답했다.

"나이가 좀 든 노인네였습니다."

"두 번이나 폭파 사고 현장에 있었던 게 다 우연이란 말입니까?"

"그렇습니다. 그리고 심문관의 배석을 요구합니다."

"좋습니다. 하지만, 최소한 추방형은 각오하는 게 좋을 겁니다."

토시로는 아무 말 없이 눈을 감았다. 제대로 한 방 먹은 기준은 밖으로 나왔다. 기다리고 있던 연지가 물었다.

"무슨 일이에요?"

"심문관의 배석을 요구했어."

"센트럴 거주민이 심문관의 배석을 요구하면 좋은 판례가 난 경우가 없잖아요."

연지의 대답에 기준이 유리창 너머의 토시로를 노려보면서 대답했다.

"쫓겨나는 한이 있어도 비밀을 지키겠다 이거지. 유전자 연구에 다단계, 크립테이아, 무인 운행에 반대하는 노조와 회사에서 붙인 감시자까지 너무 얽혀 있어."

"헤븐이라 평온한 줄 알았더니 그건 아니네요."

호기심에서 시작한 조사가 눈덩이처럼 불어나면서 꼼짝없이 갇혀버린 꼴이었다. 잠시 후 엘리베이터에서 보안팀 직원이 내렸다.

"정기준 주임, 또 사고 쳤나?"

근엄한 보안팀 직원의 가슴에는 분홍색 테두리로 장식된 조슈아 콜이라는 명찰이 붙었다. 어디서 봤더라. 희미했던 기억은 나흘 전으로 돌아갔다.

"정당한 심문이었으니까 넘겨짚진 마시죠."

"자꾸 이러면 자네 아버지 백으로도 못 버틸 거야."

기준은 툭 내뱉고 지나가는 조슈아의 멱살을 잡고 벽에 밀어

붙였다.

“자꾸 그러면 같이 자폭할 수가 있어. 나랑 사이좋게 손잡고 헤븐 밖으로 나갈래?”

“성깔하고는, 찻값 갚으려면 아버지한테 연락해야 하지 않아?”

“너 때문에 못 살겠다고 징징대면 소원을 들어줄지도 모르지. 어때 시도해 볼까?”

기준이 한손에 스마트폰을 들고 이죽거리자 조슈아가 헛기침을 했다.

“농담이었네. 기분 나쁘게 했다면 사과하지.”

기준이 붙잡힌 멱살을 놓자 조슈아는 구겨진 옷깃을 만지작거리며 회의실로 들어갔다. 한 발 앞으로 나갔지만, 또 막혀버리고 말았다. 잠시 후 두 사람이 밖으로 나와서 엘리베이터를 탔다. 그들이 사라지고 회의실로 들어가 테이블 아래 설치한 음성 재생 장치를 켰다. 비밀스러운 대화라도 들을 것 같다는 기대감은 투덜거리는 노이즈가 무너뜨렸다. 기준이 머리를 움켜쥐면서 소리쳤다.

“망할, 휴대용 도청 방지 장치를 켰군. 아우, 차 값 날리게 생겼네.”

“일단 원인을 찾아봐야죠.”

어느 틈에 들어왔는지 모를 연지의 말에 기준이 코웃음을 쳤다.

“명탐정 등장이신가? 원인이야 차고 넘치지. 하나, 죽은 강진섭은 유전자인지 뭔지를 연구하는 단체에 속해있었는데, 그 조직을 위협하는 크립테이아라는 조직이 손을 썼다. 둘, 무인운행을 반대하는 노조원인 그를 회사 측이 감시했고, 그자는 두 건의 폭발 사고 현장에 있었다. 셋 그가 다단계나 매춘하는 조직에 가담했을 수 있다. 그렇게 되면 금전이나 원한 관계 혹은 당사자가 일을 그만두려고 하다가 제거되었을 가능성도 있어."

"세 개가 다 연관되어 있으면요?"

"뭐라고?"

"밖에 있는 친구 얘기로는 오홍민의 정보가 일부 세탁되었다고 했어요."

"헤븐에 입주하려고 범죄 경력 말소하는 일은 종종 있어."

기준이 애써 태연한 척 대답했지만, 연지는 고개를 저었다.

"그 정도가 아니에요. 프리톨이라는 얘기 들어봤어요?"

"프리톨? 그 유전자 조작 치료제?"

"몇 년 전에 의약국의 승인 없이 불법 유통되었다가 난리가 났던 적이 있었죠. 효과를 보았다는 환자들도 있었지만, 대부분은 두통과 유산 등의 후유증을 호소했죠. 오홍민은 그 프리톨의 개발 작업에 참여했다는 사실을 은폐했어요."

"그거랑 이번 사건이랑 무슨 상관인데?"

"어제 아이필드에서 폭발된 컨테이너 안에 있던 실험실은 프리톨을 제조하는 곳이었어요. 부산과 진해에서 발견한 비밀 실험실을 이곳에 다시 차린 거죠."

연지가 회의실에 놓인 노트북에 누드 디스플레이를 꽂고 키보드를 두드려 실험실 사진들을 보여줬다. 어제 본 컨테이너 안의 실험실과 비슷했다.

열중하고 있는 기준을 힐끔 쳐다본 연지가 계속 말했다.

"토시로 이와세도 숨기는 게 있어요. 여기, 일본 경시청 서버를 뒤지다가 발견했어요."

홀로그램에 시위대의 모습이 잡혔다. 프리톨을 정식 승인하라는 현수막이 보였다. 연지가 복사된 동영상을 정지시키고 엄지와 검지로 붉은색 티셔츠에 하얀 머리띠를 두른 시위대를 확대시켰다.

"토시로잖아."

"도쿄에서 프리톨을 지지하는 프리모들의 시위에 여러 차례 참여했어요"

"강진섭도 프리모였을까?"

"그럴 가능성이 높아요. 프리톨이 불법화되고 일부 연구자들과 지지자들이 외국으로 이주해서 연구를 계속 진행하려고 했다는 정보 보고를 들은 적이 있어요. 어제 찾아낸 실험실 덕분에 이들의 연결고리를 찾아냈어요. 문제는 왜 헤븐이냐는거죠."

"여긴 우월한 유전자들의 천국이었으니까."

오홍민에게 들었던 말을 되뇌는 순간 생각들이 연결되었다.

기준은 UIC로 강진섭이 다녔던 명상센터를 검색했다. 명상센터의 메인 서버에 저장된 회원정보들이 정신없이 올라갔다. 같이 지켜보던 연지가 물었다.

"중간에 파란색은 뭐에요?"

"타워 거주자들. 이들 정보는 모두 비공개가 원칙이야. 프리톨의 부작용 중에 중독성도 보고된 적 있었지?"

"네. 마약과 동급이에요."

"망할, 돈 많은 지지자를 얻으려고 타워 거주자들에게 몰래 프리톨을 투약하려 했군."

"여기까진 알아낼 수 있었는데 이 사실들이 두 사람의 죽음과 어떤 연관이 있는지 알아낼 수 없었어요."

기준은 잠시 고민하다가 키보드를 두드렸다.

"크륍테이아? 무슨 뜻이에요?"

"몰라. 지금부터 찾아봐야지."

검색 결과는 신통찮았다. UIC에 나온 검색 결과를 연지가 또박또박 읽었다.

"스파르타 청년들의 비밀결사로 헤일로타이라고 부르는 노예 중 뛰어난 자들을 암살했다. 이는 전체 인구의 80퍼센트를 차지하는 헤일로타이들의 반란을 막기 위한 수단이었다. 근데 이건 왜요?"

"오홍민이 나한테 자기들을 쫓는 조직 이름이라고 했어."

"그리스 신화에 너무 빠졌나 보네요."

"헤븐을 조종한다고 알려진 조직의 이름이 올림포스야."

"그건 삼류 잡지에서 지어낸 거 아니에요?"

"행정국 최고위층의 사교모임이 열리는 샤 자히르 호텔의 룸 이름이기도 하지."

기준의 말에 연지의 표정이 어두워졌다.

"차 값 걱정할 단계는 넘어선 것 같은데요."

"그렇지. 그리고 당신이 왜 이 문제에 개입했는지도 궁금해지는데?"

"저야, 뭐 선배님을 도와주고 싶어서 그런 거죠."

연지가 애매한 웃음과 함께 두툼한 안경을 끌어 올렸다.

"정말? 헤븐으로 파견된 한국 정부의 공무원들이 가장 열을 올리는 일이 인맥 만드는 거랑 안에서 벌어지는 사건들을 파헤치는 거야. 벌써 세 건의 폭발 사고로 두 명이 죽었어. 이것만 가지고도 대박 아닌가?"

"그렇긴 하지만 우린 아직 만족 못 해요."

어느 틈엔가 회의실 안으로 들어온 고윤숙 과장이 말했다. 기준은 올 것이 왔다는 표정으로 두 사람을 쳐다봤다.

"어디 소속인가요? NIS? 경찰 외사과?"

"청와대 직속의 테스크 포스라고 해두죠. 뭐 그쪽에서 온 사람들이 많으니까 틀린 얘긴 아니군요."

"이 사건들 모두 두 사람이 꾸민 겁니까?"

"사건 자체는 진짜입니다. 우리도 배후를 조사해서 알아낸 사실이니까. 헤븐은 자기들이 천국이라고 선전하지만, 정부에서 볼 때는 범죄자들의 도피처일 뿐입니다."

"미안하지만 헤븐에는 전과자나 지명수배자들은 못 들어옵니다."

"그런 잔챙이들 말고, 헤븐에 전직 대통령이 몇 명이나 살고 있는지 알아요? 전직 장관이나 파산한 재벌그룹 총수로 내려가면 수백 명으로 늘어납니다."

"그래서 여길 흔들어서 파고들 빌미를 만들겠다. 이겁니까?"

"우리가 원하는 건 거물급 몇 명의 소환입니다."

"그런 식으로 구멍을 만들려는 것 아닌가요?"

"안 좋은 선례를 남기는 건 막아야 한다는 게 우리 정부의 일관된 입장입니다."

"그래서 날 앞세워서 헤집고 다니게 했군요."

기준이 차가운 눈빛으로 묻자, 고윤숙 과장이 점잖게 대답했다.

"기분 나쁘다면 미안해요."

"여기서 손 떼면 더 기분 나빠하지 않겠습니다."

"계속 도와주면 자동차 값을 대신 물어주죠."

고윤숙 과장의 제안에 기준은 고개를 저었다.

"스파이 짓은 사양하겠습니다."

"진실이 궁금하지 않나요?"

"전혀요. 제가 감찰실에 알려줄까요? 아니면 직접 얘기하시겠습니까?"

"사람들은 여길 천국이라고 부르더군요. 당일치기 관광을 위해 몇 달짜리 대기표에 이름을 올려요. 요즘 초등학생들한테 설문 조사하면 커서 헤븐에서 살겠다는 애들이 절반이 넘어요."

"지상에 천국이 하나 있는 것도 나쁘진 않잖습니까?"

"껍데기만 천국이지. 사실은 가진 자들의 왕국이잖아요."

"혹시 북조선에서 오셨습니까? 거긴 십 년 전에 없어졌는데요."

그의 비아냥에도 고윤숙 과장은 웃으며 받아넘겼다.

"평양 출신이 맞긴 해요. 일단 사건을 해결하고 다른 문제는 차차 생각하도록 하죠."

"이제 손 뗄 겁니다. 경고장 못 보셨어요?"

"기아 - 벤츠사에서 징벌적 보상을 요구하는 민사소송을 준비 중입니다."

"네?"

놀란 기준의 반문에 고윤숙 과장이 느긋하게 대답했다.

"지금 상태라면 정주임이 당첨이죠. 이 정도면 범인을 잡아야 할 이유가 충분하겠죠? 그러니 진정하고 자리에 앉아요. 연지 양이 범인을 찾을 방법을 설명해 줄 겁니다."

회의실 문을 쓱 닫은 연지 양이 만년필처럼 생긴 도청 방해 장치를 켜서 테이블 위에 올려놓으면서 설명을 시작했다.

"세 번의 폭파 사고에서 검출된 물질들은 모두 같았습니다. 다만 로켓으로 쏘느냐, 아니면 휴대폰에 설치하고 폭파하느냐의 차이점뿐이죠. 아이필드의 창고는 휴대폰을 뇌관으로 사용해서 폭파했습니다. 그러니까 누군가 그 창고의 존재를 알고 있었고, 우리가 그걸 찾으러 간다는 것도 알고 있었다는 뜻이죠."

"헤븐은 외부 전파에 대한 차단 정책을 쓰고 있어. 로밍도 허용하지 않고 있으니까 최소한 센트럴 거주민이라는 뜻이군."

기준의 설명에 연지가 고개를 끄덕거렸다.

"현장에서 뇌관으로 쓰인 스마트폰의 잔해를 몇 개 스캔했어요."

연지가 가방에서 꺼낸 접는 모니터에 스마트폰의 잔해들을 입체 영상으로 띄웠다.

"스마트폰 제작사들에 확인해 보니까 이 제품의 부품일 가능성이 크다고 나왔어요."

흐릿한 영상이 하나 더 떠올랐다. 검은색 컬러에 얇은 바디를 본 기준이 중얼거렸다.

"아이폰 29H?"

"삼성 오로라 폰이랑 같이 헤븐 전용으로 발매된 스마트폰이에요."

"미친놈. 580만 원짜리를 뇌관으로 써? 좋은 단서지만 이것만 가지고는 범인이 누구인지 알 수 없어."

"토시로가 가장 유력한 용의자 같아요. 현장에 있었고, 자백하는 대신 추방형을 선택했잖아요."

연지의 설명에 기준이 고개를 저었다.

"문제는 살인을 저지를 만한 동기지. 이 자도 프리모라면서? 그리고 전기 버스 회사 주임이 그렇게 비싼 스마트폰을 여러 개 가지고 다닐 수는 없어."

"외부 지원이 있다면 비용은 문제가 아닐 수도 있잖아요."

설명을 듣고 있던 고윤숙 과장이 끼어들었지만, 기준이 말도 안 된다는 표정으로 설명했다.

"몇 년 전에 헤븐 전용 스마트폰이 외부로 유출된 다음부터는 센트럴 거주민들이 스마트폰을 사려면 인증 절차를 거쳐야 합니다. 분실 신고를 해도 빨라야 일주일입니다. 첫 번째와 두 번째 폭파 사고는 사흘 간격으로 일어났습니다. 세 번째 폭파 사고도 그다음 날 벌어졌고요. 거기다."

잠시 고민하던 기준은 두 사람에게 털어놓았다.

"센트럴 거주민들에게는 비밀로 하고 있지만 사실 헤븐 전용의 스마트폰에는 행정국 전용의 위치 추적 장치가 붙어 있습니다. RFID가 무력화되었을 경우를 대비한 거죠. 토시로는 스마트폰을 소지하고 있는 걸 아까 확인했습니다."

"맙소사, 어디서 뭘 하는지 다 까발려지네요."

연지가 볼멘소리했다.

"문제는 살인의 이유야."

"강진섭이 사고로 죽기 직전에 만났다는 사람은 망명자 노준석으로 추정되고 있어요."

고윤숙 과장의 설명에 기준이 눈을 껌뻑거렸다.

"최초의 망명자라는 그 사람 말입니까?"

"네, 망명을 하려면 그 사람의 승인이 필요해요. 그 사람한테서 강진섭이 왜 13타워로 망명했는지 알아보는 건 어떨까요? 만약 프리모에서 탈퇴하기 위해서였다면 토시로나 오흥민이 강진섭을 죽였다고 봐도 되잖아요."

"그리고 오흥민도 망명하려고 하니까 토시로가 제거했다는 말씀입니까? 하지만, 망명자들의 증언들은 증거로 채택할 수 없습니다."

"헤븐 내부에서나 그렇죠. 대한민국 법정에서는 효력을 발휘

할 수 있어요."

고윤숙 과장이 단호하게 말했다.

"행정국 직원이 망명자들과 접촉할 수 없습니다. 연락을 취할 수단도 없고요."

"우연히 만날 수도 있잖아요."

헤븐이 외부 전파 차단 정책을 시행할 때 내세운 유해 전자파 차단은 헛소리였다. 헤븐 내의 전파 종류와 밀도는 다른 도시들을 압도한다. 각종 감시 장치, 스마트 하이웨이, 개인이 소지하는 단말기와 스마트폰들. 무인으로 운행되는 자기부상 열차와 전기 버스들 모두 전파로 움직인다. 이런 정책을 펴는 이유 중 하나는 13타워의 망명자들이 외부와 연락을 취하는 것을 막으려는 것이다. 대부분 타워의 꼭대기나 방벽 외곽에 설치된 전파 교란 장치인 노이즈 메이커가 유독 13 타워 주변에 집중적으로 설치된 이유다. 하지만, 난민들과 다른 이들은 아주 간단한 방법으로 막대한 비용이 든 정책을 무산시켰다.

"맙소사, 깃발 신호라니…."

유튜브에서 본 흑백 전쟁영화처럼 빨간색과 하얀색 깃발을 양손에 쥐고 신호를 보낸 기준은 옆에 있던 연지 양에게 투덜거렸다. 고윤숙 과장은 스마트폰의 반짝거리는 액정을 이용해서 거울 신호를 주고받더니 그에게 말했다.

"내일 오후 2시에 강진섭이 죽은 브리지에서 당신과 만나기로 했어요."

"왜 접니까?"

"우리가 망명자와 접촉했다는 것이 발각되면 파장이 너무 큽니다."

그렇게 해서 결국 기준은 나흘 만에 첫 번째 사고 현장으로 돌아와야만 했다. 폭발로 뻥 뚫린 천정에서 쏟아진 햇빛이 통로에 우두커니 서 있는 그의 머리 위로 쏟아졌다. 감찰실에 전화 한 통이면 이 아수라장에서 빠져나올 수 있다는 생각이 내내 그의 머리를 맴돌았다. 지금이라도 늦지 않았다. 하지만 결국 움직이지 않았다. 며칠 동안 감찰실에서 괴롭힘을 당한 반감이었는지 아니면 타고난 천성인 호기심 때문인지는 모르겠다. 텀블링 건에 독일제 전기 삼단봉으로 무장하긴 했지만 두려움까지 막아주진 못했다. 전파 방해나 도청에 대비해 허리에 찬 구형 무전기에 연결한 이어폰을 통해 전진하라는 말만 되풀이하는 연지에게 짜증을 냈다.

"어디까지? 지옥까지?"

"지난번 사고가 난 곳은 헤븐과 13 타워의 중립 구역이었어요. 아쉬운 쪽이 움직여야죠."

망할, 기준은 호기심은 여자들한테나 발휘해야 했다며 투덜거렸다. 몇 걸음 앞으로 나가는데 어둠 속에서 불쑥 덤벼든 목소리에 발목이 잡혔다.

"그만 오시오."

잠시 후 부스럭대는 소리와 함께 맞은편 어둠 속에서 노인의 모습이 드러났다.

"왜 날 만나자고 한 거요?"

노인의 물음에 기준이 대답했다.

"나흘 전에 여기에서 한 남자가 당신을 만난 적이 있습니까."

"그렇소."

"왜 만났습니까?"

"망명하고 싶다는 의사를 간접적으로 타진했소. 최근에 불순한 목적을 가지고 들어오려는 사람들이 많아서 확인해야만 했지."

"그래요? 무슨 얘기를 하던가요?"

"망명하고 싶다고 했소."

"이유는 뭐라고 했습니까?"

기준의 질문에 노인이 입을 열었다.

"살기 위해서라더군. 정확한 이유를 알려주지 않으면 망명을 받아들여 줄 수 없다고 했더니 머뭇거리다가 돌아갔어. 그러다가…."

"폭발이 일어났습니까?"

극도로 긴장했던 감각기관이 등 뒤에서 들려온 기계음을 잡아냈다. 고개를 돌리는 순간 바닥에 붙어 있는 붉은 외눈박이 눈동자와 눈이 마주쳤다. 뱀 앞에 선 토끼처럼 꼼짝도 못 하는 사이 붉은 눈동자는 좌우로 꿈틀대며 다가왔다. 귀에 꽂은 이어폰을 통해 연지의 다급한 목소리가 들려왔다.

"엎드려요!"

몸을 날리는 순간 폭발이 덮쳐 왔다. 공기가 밀려난 공간은 화약의 열기와 진동이 채웠다. 톡 쏘는 화약 연기가 바닥에서 일어난 먼지와 함께 귀와 콧속으로 밀려들어 왔다. 바닥을 때린 충격파에 구역질이 밀려왔다. 흐려져 가던 의식은 이어폰 속에서 떠드는 목소리에 붙잡혔다. 지직거리는 잡음 때문에 무슨 소리인지는 알 수 없었지만, 의미는 충분히 이해했다. 몸을 뒤집어서 발목에 찬 텀블링 건을 꺼내는 순간 바로 옆에서 튄 시멘트 조각이 뺨을 때렸다. 처음에는 폭발의 여파로 위에서 떨어진 것으로 착각했지만, 소리를 죽이고 날아든 탄환이 바닥들을 때렸다.

"맙소사, 진짜 총이잖아."

측면에 붙은 보강 기둥 뒤에 숨은 기준은 텀블링건의 방아쇠를 당겼다. 곧 수십 발의 탄환이 간신히 몸을 숨긴 기둥을 두들겨 댔다. 이제 끝이라는 생각에 눈이 질끈 감겼다. 하지만, 숨통을 끊는 마지막 일격 대신 연지의 목소리가 들렸다.

"잡았어요."

이어폰을 뽑아내고 허리에 찬 랜턴을 비추자, 고윤숙 과장과 윤지가 누군가를 누르는 것이 보였다. 살았다는 생각과 함께 참았던 숨이 턱 밀려왔다.

"배후 지원은 확실하게 해준다면서요."

"미안, 통로 안쪽만 신경 썼다가 위쪽으로 접근하는 걸 놓쳤어요."

연지가 쓰러진 남자의 뒤통수에 텀블링 건을 겨눈 채 말했다.

"덕분에 대어를 잡았어요. 누군지 알죠?"

고윤숙 과장이 쓰러진 남자를 턱으로 가리켰다. 기준이 히죽 웃으면서 대답했다.

“물론이죠. 조슈아 콜씨, 보안팀 직원이 이런 일도 하나?”

“너도 망명자들과 접촉했으니 피차일반이지.”

목덜미를 눌린 조슈아가 이를 악물면서 대답했다. 기준이 입을 다물고 있는 사이 조슈아의 몸을 수색한 연지가 뭔가를 꺼내서 두 사람에게 보여줬다.

“기어다니는 로봇에 스마트폰을 부착해서 이동시키고 목표물을 확인한 다음에 폭파한 것 같아요.”

연지가 보여준 소형 터치패드 조종 장치를 살펴본 기준이 말했다.

“13타워 광장 건 빼고 나머지는 자네 짓이지? 배후를 털어놓지 않으면 빠져나가기 어려울 거야.”

“흥, 망명자들과 접촉한 너는 어떻고?”

조슈아가 지지 않고 대답하자 세 사람은 약속이나 한 듯 낄낄거렸다. 기준이 영문을 몰라 하는 조슈아에게 말했다.

“아, 미안한데 너만 최첨단을 걷는 건 아니야.”

기준은 손목에 차고 있던 UCI를 조작해서 노준석의 홀로그램을 보여줬다. 창백한 얼굴의 그는 아까처럼 말했다.

“왜 날 만나자고 한 겁니까?”

상황을 눈치챈 조슈아의 표정이 어두워졌다. 기준이 어깨에 묻은 먼지를 털면서 말했다.

“녹음 재생 기능이 첨가된 홀로그램을 만난 건 죄가 아니지, 거기다 헤븐 행정국 직원의 중요한 범죄사실을 위해 함정수사를 했다고 하면 다들 이해할 거야. 이제 배후를 털어놓을 시간이야."

"심문관의 배석을 요청합니다."

갑자기 말투를 바꾼 조슈아가 말했다.

"지난번처럼 한 패거리가 구해주러 오는 건가? 미안하지만 이번에는 힘들 거야."

"심문관의 배석을 요구합니다."

조슈아는 무표정하게 같은 말만 되풀이했다. 망할, 또다시 벽에 막혀버린 것이다.

사건 발생 이틀 만에 조슈아 콜은 행정국 보안팀에서 해고되고, 추방형을 선고받았다. 그는 영악하게도 첫 번째 희생자인 강진섭에 대해서는 함구했고, 오홍민과 기준에 대한 살인미수만을 인정했다. 오홍민은 위험인물일 것 같아서 제거했고, 기준 역시 망명자들과 접촉하려는 줄만 알았다고 버텼다. 살인 동기나 배후에 대해서는 세 사람 말고는 아무도 관심을 두지 않았다. 덕분에 추방형을 받은 그가 오히려 더 희희낙락하여 하는 일이 벌어졌다. 기준은 전자 수갑을 차고 추방자 전용 통로인 헤븐 대교의 지하 비상 통로 앞에 선 그에게 말했다.

"마지막으로 기회를 주지, 왜 두 사람을 죽이고 나까지 해치려고 했는지 털어놓으면 추방형을 일시 정지시켜주겠어."

조슈아는 그런 기준을 보고 웃었다.

"나가서 영어 강사 노릇을 하는 게 좋겠어. 헤븐 출신이면 프리미엄도 붙는다고 하더군."

"좋을 대로, 문 개방."

경비팀 대원이 닫혀 있던 전기문을 열었다. 문밖에는 양복 차림의 사내 세 명이 그를 기다렸다. 기준은 얼떨떨해하는 조슈아에게 다가갔다.

"소개하는 걸 깜빡 잊었군. 여기 세 분은 기아 - 벤츠사의 법적 대리인인 법무법인 플래닛 소속의 변호사분들이야. 이분들이 당신한테 줄 게 있다고 해서 말이야."

기준은 제일 앞에 서 있는 대머리 변호사가 건넨 서류 봉투를 그에게 건네줬다. 불안한 얼굴로 서류 봉투를 연 조슈아의 얼굴이 파랗게 질려버렸다.

"네가 오홍민을 죽이면서 날려버린 차는 기아 - 벤츠사에서 헤븐 행정국에 기증한 거야. 소유권을 가진 해당 회사가 고의로 차량을 폭파해서 회사 이미지를 훼손시킨 너에게 민사소송을 제기한 거야. 징벌적 배상이라 청구액이 어마어마할 테니까 잘해보라고."

기준은 조슈아의 어깨를 토닥거리며 돌아섰다. 몇 걸음 떼기도 전에 조슈아의 목소리가 들렸다.

"잠깐만, 협상할 테니 행정국 직원의 직권으로 추방을 잠시 보류시켜 줘."

"배후가 누구야?"

"단둘이 얘기해. 잘못하면 쥐도 새도 모르게 죽을 수 있어."

"싫어. 쌓인 게 좀 많거든. 당장 털어놓고 며칠 여유를 찾든지,

아니면 밖으로 나가."

기준의 반문에 조슈아가 침을 꿀꺽 삼키며 입을 열었다.

"사실은…."

센트럴의 관광 지역들은 늘 관광객들로 북적거렸다. 당일치기 관광객들은 그냥 돌아가지만 2박 3일 코스나 3박 4일 코스로 온 관광객들은 몇 개의 전용 호텔에 나눠서 투숙했다. 거기다 거주민들이 초청한 가족들까지 가세하면 호텔들은 늘 만원이었다. 이들은 값비싼 이용료를 감수하고 무인 안내 로봇을 따라 헤븐을 관광했다. 그런 호텔 중 한 곳인 그린우드 호텔 로비는 체크인 중인 중국인 관광객들과 체크아웃 중인 일본인 관광객들이 뒤엉켜 시장바닥 같았다. 관광객들을 통제하는 관광 경찰들이 있긴 하지만 잔뜩 흥분한 이들을 막기에는 역부족이었다. 기준은 로비의 커피숍에서 더치커피를 마시며 목표물을 기다렸다. 물론 목표물도 나름 변장을 했지만, 안면을 변형시킨 용의자를 확인하기 위한 안면 윤곽 인식 장치가 정확하게 목표물을 잡아냈다. 기준은 바이저처럼 눈에 낀 안면 윤곽 인식 장치를 벗고 그의 앞에 섰다. 다른 관광객들처럼 헤븐의 로고가 그려진 셔츠와 황사 방지 마스크를 쓴 그는 곧장 등을 돌려 도망치려 했다. 기준은 최대출력으로 조정해 둔 텀블링 건의 방아쇠를 당겼다. 전자펄스에 맞은 그는 총의 이름에 걸맞게 앞으로 몇 바퀴 굴러가서 뻗어버렸다. 놀란 관광객들이 하나둘씩 스마트폰을 꺼내 들었다.

회의실에 앉은 그는 아무 말 없이 앞만 쳐다봤다.

"지금까지 확인된 프리모들은 모두 31명으로 오늘 내로 모두 추방될 예정이니까 희망은 접는 게 좋을 거요. 오홍민 원장. 아니 박사라고 불러들일까?"

"난 옳은 일을 한 거요."

수갑을 찬 손으로 앞으로 넘어지면서 멍든 이마를 만지작거리던 오홍민이 대답했다.

"머리를 잘 썼다는 점은 인정하지. 크립테이아라는 가상의 조직을 만들어 내고, 희생자 역할을 멋지게 했어. 보안팀 조슈아조차 믿을 정도였으니까 말이야. 물론 추방한다고 하니까 털어놓긴 했지만 말이야."

"인간은 꿈을 짓밟을 수 없소. 그럴 자격도 없고…."

"프리톨이 인간을 좀 더 위대한 길로 나아가게 해준다고 믿는 거야?"

"인간의 몸, 특히 두뇌는 우주만큼이나 밝혀진 게 없어. 프리톨은 인간이 사용하지 못하는 두뇌의 잠재력을 일깨워 주는 역할을 할 거요."

"잦은 구토와 두통, 착시현상, 거기다 마약 뺨치는 중독성을 견뎌내야 한다는 말은 하지 않았지."

기준의 반문에 오홍민은 단호한 표정으로 응수했다.

"실패와 시련이 없으면 성공도 없는 법이지. 앉아서 서류나 만지작거리면서 센트럴 거주민들을 짐승 취급하는 너 같은 놈들은 절대 이해 못 할 거야."

"그래서 헤븐에 들어와서 불만을 품은 센트럴 거주민들을 이용해서 타워에 거주하는 부유층들을 포섭하려고 했나?"

"변화를 두려워하는 사람들을 설득할 수단이지. 헤븐의 타워 거주자가 프리톨을 복용하고 있다고 말하면 아무 이유 없이 두려워하던 사람들도 믿을 거로 생각했어."

"강진섭은 왜 죽인 거야?"

기준이 질문 내용을 바꾸자 오홍민은 잠깐 침묵했다가 입을 열었다.

"그놈은 배신자였어. 토시로를 통해 포섭할 때만 해도 괜찮았는데 이상하다 싶어서 뒷조사해보니 13타워로 도망치려고 해서 제거했어."

"그리고 나를 이용해서 죽음을 위장했군. 자연스럽게 물러나서 상황을 지켜볼 작정으로 말이야."

"조직 내부에 배신자가 더 있는지 알아내야만 했지. 그리고 내 죽음을 증언해 줄 사람도 필요했고."

"근데 왜 하필 나였지?"

"자존심 강하고, 고집 세고, 자신의 실수를 잘 인정하려고 들지 않지. 거기다 권위 의식까지 가지고 있으니 속여 넘기기에는 적당할 거라고 판단했어."

기준은 둘의 내용을 밖에서 듣고 있을 두 여인의 웃음소리가 귓가에 들려오는 것 같았다. 발끈한 기준이 물었다.

"성공하긴 했지만 결국 나한테 꼬리가 밟혔잖아."

"맞아. 자신이 실패했다는 점을 인정하고 싶지 않아서 계속 파고들 것이라는 점을 간과했어. 아이필드의 창고를 찾아낼 거라는 점도 예상하지 못했지."

"내가 뭘 찾아내려는 걸 방해한 게 아니라 존재를 숨기려고 창고를 폭파했군."

"맞아, 자네가 움직이는 걸 알고 눈앞에서 폭발시키려고 했는데 스마트폰에 문제가 좀 생겼어. 그래도 난 자네를 죽일 수 있었지만 참았어. 왜 그런 줄 알아?"

"후폭풍이 두려웠겠지."

"가능성을 봤기 때문이지. 자넨 프리톨을 정기적으로 복용하면 틀림없이 천재가 될 거야."

"그래서 내 UIC에 피하라는 메시지를 남겼나?"

"무슨 소리야?"

질문을 받은 오흥민이 영문을 모르겠다는 표정을 짓자, 기준은 재빨리 둘러댔다.

"어쨌든 제안은 거절하겠어."

"왜?"

"그 약 부작용 중에 발기부전도 들어 있잖아."

"진화는 섹스보다 더 한 쾌락을 가져다 줄 거야."

"인간의 두뇌는 쾌락과는 비교할 수 없이 중요해. 어쨌든 당신은 대한민국 정부로 인계돼서 살인 공모 및 사주 혐의로 재판을 받을 거야."

"대한민국은 헤븐에서 일어난 일에 대한 소추권이 없다는 걸 모르나?"

오홍민이 코웃음을 치자 기준이 혀를 찼다.

"일반인만 해당하지. 작년에 헤븐 행정국과 대한민국 정부는 양측 공무원에 한해서는 처벌하기로 비공식적인 합의를 했어."

"강진섭은 운전기사야."

오홍민의 반박에 기준은 손가락을 까닥거리며 대답했다.

"그건 아르바이트였고, 본업은 총리실 직속의 TF팀 소속이야."

"뭐라고?"

놀란 오홍민의 반문에 기준이 어깨를 으쓱거렸다.

"NIS나 경찰, 어쩌면 청와대에서 일하는 청소부일지는 모르겠지만 어쨌든 공무원은 공무원이지. 아마 프리톨 복용 피해자 모임에서도 민사소송을 제기할 준비를 하고 있으니까 통장 잔액도 좀 확인해 보라고."

심문을 마치고 회의실 문을 열고 나오자 심각한 표정의 고윤숙 과장이 기다리고 있었다.

"그가 우리 쪽 사람이라는 건 언제부터 알았죠?"

기준이 씩 웃으면서 대답했다.

"과장님이 반강제로 저한테 일을 맡길 때부터 의심이 갔습니다. 그래서 TF팀 얘기했을 때 아는 해커한테 부탁해서 과장님과 강진섭의 이메일을 해킹했죠. 대한민국 정부는 인터넷 보안에 대해서는 여전히 낙제점이더군요."

"서로 한방씩 먹였군요."

"자잘한 건 제가 더 많이 맞았습니다. 참, 헤븐의 행정관이 대한민국 신임 총리께 오늘 오전에 전화를 드렸다고 하던데요."

"젠장, 이번에도 조용히 넘어가겠군요."

고윤숙 과장이 입술을 깨물었다.

"네, 신임 총리께서도 오래전 헤븐에 입주 신청을 하셨거든요."

"사실 우리 목표는 프리모들의 소탕보다는 크립테이아라는 비밀 조직의 존재 여부였어요."

"다 헛소문입니다. 헤븐은 안전하고, 편안합니다. 외부에서 이런저런 목적을 가지고 들어온 자들이 문제를 일으킬 따름이죠."

"좋아요. 하지만, 우린 포기하지 않을 겁니다."

고윤숙 과장이 단호한 표정으로 얘기하자 기준이 어깨를 으쓱거렸다.

"실패와 시련이 없으면 성공도 없는 법이죠. 하지만, 크립테이아라는 조직의 실체를 확인하시려면 삼류 신문기자들을 조사하는 게 더 빠를 겁니다."

화창한 날, 정식 추방 의식이 진행되었다. 행정국의 감찰실에 속한 거주민 관리과와 법무팀, 그리고 총무과의 대외협력팀에서 파견된 요원들과 신속 대응용 코브라 팀이 모였다. 프리모로 확인된 센트럴 거주민 31명은 전날 저녁에 이미 추방되었다. 잠시 후 총무과의 전기차에 탄 나머지 두 명, 오홍민과 토시로가 문 앞에 도착했다. 기준은 고윤숙 과장, 그리고 연지와 함께 몇 걸음 떨어진 곳에서 지켜봤다.

"이 건으로 헤븐을 들쑤시고 싶으셨을 텐데 아쉽겠네요."

"기회야 또 오겠죠."

"근데 왜 헤븐의 행정국이 아니라 프리모들 사이에 스파이를 심은 겁니까?"

"행정국에 스파이를 심을 능력이 있었으면 아예 헤븐을 지금처럼 독립적인 존재로 놔두지도 않았겠죠."

"아무튼, 며칠 동안 흥미로웠습니다."

"왜 우리 정체를 행정국에 알리지 않았죠?"

고윤숙 과장의 질문에 기준이 장난스럽게 대꾸했다.

"같이 근무하면 재미있는 일이 많이 있을 것 같아서요."

이런 저런 얘기를 주고받는 사이 추방에 관한 내부 인수인계 절차가 끝났다. 경비과 직원이 문을 열자 싸늘한 미풍이 밀려들어 왔다. 왕복 12차선인 헤븐 대교는 3층으로 구성되어 있다. 제일 위층은 당연히 관광객들과 거주민들 전용도로와 인천과 연결된 자기부상 열차가 지나갔다. 아래층은 화물차와 화물열차 전용이고, 비상용으로 제작된 제일 아래층은 주로 추방형을 받은 거주민들을 내보낼 때 썼다. 세계에서 가장 긴 다리라는 명칭에 걸맞게 도로는 끝이 보이지 않았다. 추방자들을 인수할 정부의 인수팀을 기다리던 동안 연지가 말을 붙였다.

"그런데 강진섭의 누나에게 두 달 전부터 거액의 돈이 입금되었더라고요."

"그게 왜?"

"그 사람은 전자 경마로 사실상 파산 상태였거든요. 잠입 임무를 자원한 것도 그 때문이었어요."

"누가 자선이라도 했나 보지."

"돈 많은 헤븐 일지도 모르죠."

연지의 말에 기준이 고개를 갸웃거렸다.

"나랑 반대군. 난 정부가 강진섭을 통해서 프리모들에게 헤븐 안에서 일을 벌이고, 그걸 계기로 개입을 시도했다고 봤는데 말이야."

"강진섭을 제거한 건 헤븐의 보안팀 직원이었잖아요."

"프리모이기도 했지. 그리고 연지 양의 명탐정 흉내는 감동적이기는 했지만, 속이 뻔히 보였어."

"그거야 선배가 사건을 조사했으니까 그렇죠."

"급하게 망명하느라 중요한 단서도 못 챙긴 사람이 자신의 죽음을 숨길 시체는 구할 틈이 있었나 보지? 헤븐에 프리모들이 잠입한 건 분명히 조직적인 음모가 개입되어 있어. 어쩌면 오흥민도 강진섭처럼 스파이일지도 모르지."

말싸움을 하는 동안 아이스크림 트럭같이 생긴 버스가 다가와서는 정지선 앞에 섰다. 운전석 쪽에 사람 그림자가 보이지 않았다. 고윤숙 과장에게 다가가 슬며시 물었다.

"무인 차량입니까?"

"인수팀 차량에 문제가 생겼나 봐. 조만간 테스트하기로 했으니까 미리 써보는 것도 나쁘진 않지."

관리과와 법무팀에서 스마트폰으로 바쁘게 통화하더니 OK

사인을 냈다. 두 사람은 전자 수갑이 채워진 채로 무인 차량에 태워졌다. 대외협력팀 직원 한 명이 무인차량의 운전석 부분의 정보처리 네트워크 터미널에 누드 디스플레이를 꽂았다. 인간이 운전하는 차량이라면 백미러가 있었을 자리에는 GPS(Global Positioning System : 위성 항법장치)와 IMU(inertial measurement unit, 관성 측정장치), 거리 측정 레이저가 붙어 있는 통합 운행 센서가 붉은 눈을 깜빡거렸다. 제법 능숙하게 회전한 무인 차량은 육지를 향해 질주했다. 다들 일이 끝났다는 홀가분한 표정으로 돌아서려는 순간 무인 차량이 좌우로 크게 비틀거렸다. 그리고 다시 바다 쪽 가드레일을 긁다가 뒤집힌 채 바다로 떨어졌다. 제일 아래층이라고 해도 30미터가 넘는 높이였다. 거대한 물보라 사이로 헛돌던 바퀴가 잠깐 떠올랐다가 가라앉았다. 충격과 경악이 담긴 침묵이 목격자들을 사로잡았다. 어처구니가 없어진 기준이 중얼거렸다.

"모두가 행복해하겠군요."

"헤븐식 결말이죠."

짧고 냉정하게 대꾸한 고윤숙 과장이 돌아섰다.

제잇은 실수한다

_설재인

제잇 스쿨

Q. 괴로운 임신과 출산 과정, 말이 통하지 않으며 잠도 자지 않고 울어 젖히는 신생아의 양육, 길고 긴 성장 과정 내내 시한폭탄처럼 도사리고 있는 아이의 악마화 가능성(분명 그렇게 키우지 않았음에도 불구하고 아이들은 항상 언제나 밖에서 이상한 것을 배워옵니다), 혹은 사랑만 주었음에도 그에 합당한 응답을 주지 않고 오히려 헌신한 부모를 배신하는 부당함. 당신이 자녀를 가지길 주저하는 이유가, 이 중에 있습니까? 있다면 무엇입니까?

모카(7)

놀랍도록 영민함. 구사하는 어휘의 수준이 매우 높고, 그 나이대에 보일 법한 산만한 움직임이 전혀 없음. 아마 칩의 제어가 보이는 효과일 것임. 그러면서도 눈빛으로는 상대의 애정을 몹시 갈구함. 객관적인 기준을 내려놓고 표현하자면, 의젓하지만 동시에 귀염성이 농후한 남자아이. 실제로 7세 그룹 중 입양 문의가 가장 쇄도하는 아이라고 함.

모카(이하 '모'): 왜 자꾸 저를 나가지 못하게 해요?

수사관 박민석(이하 '박'): 네가 착하게 굴지 않기 때문이야. 우리가 묻는 말에 대답을 하지 않잖아. 효준 쌤이랑 무슨 일이 있었는지 이야기하지 않잖아.

모: 사람과 있었던 일을 절대 다른 사람에게 이야기하면 안 돼요…….

박: 하지만 분명 너는 죽음의 개념을 알고 있지. 효준 쌤이 죽었다는 것도 알고. 그러면 내 말을 듣는 것이 옳지 않겠어? 제잇은, 사람을 좋아해야 하잖아? 나는 살아있는 인간이고, 너를 입양할 수도 있는 사람이지, 어쩌면. 효준 쌤은? 미안하지만, 더는 아니고.

모카는 울음을 터뜨렸다. 인간 앞에서 우는 건 가능한 실수였다. 그러나 소리를 질러서는 안 됐다. 그래서 입을 꾹 다물고 딸꾹질했다. 앞에 있는 아저씨가 무서웠다. 싫었다. 이유를 알 수 없었다. 모카는 언제나 인간을 좋아했는데. 그게 누구든 간에. 그런데 이상하게도, 저 아저씨에게는 그러한 감정이 느껴지지 않았다. 그게 무서웠다. 아저씨가 고개를 수그리고서 무언가를 한참 적었다. 모카는 아저씨의 정수리를 바라보았다. 그를 기쁘게 해줘야 하는데, 그러고 싶지 않았다. 연유를 알 수 없었다.

아저씨가 말했던 그날, 그 토요일. 무슨 일이 있었나?

효준 쌤이 화장실의 차가운 바닥에 엎드려 있었다. 한쪽 팔을 구부려 이마를 받친 채였다. 그런 장면을 모카는 애니메이션에서 본 적이 있었다. 집채만 한 슬픔에 잠식될 때 어른은 그렇게 아무 데서나 엎드려 울곤 한다. 7세 그룹에게 적용되는 실수는 아니었다. 7세는 울어도 좋지만 엎드려 인간을 곤란하게 만들어서는 안 된다. 서서 울어야 한다. 그러나 인간은 다르지. 또 13세나 16세가 되면 그렇게 울어도 되게끔 허락받을지도 몰랐다. 모카는 일단 쌤의 그 모습을 기억장치에 담아두었다. 효준 쌤이 하는 모든 걸 따라 하는 모카니까. 매시 매초 쌤을 닮은 모습을 보이고 싶었다. 입양되고 나면. 조금 더 크고 나면. 엄마 아빠는 그렇게 우는 모카를 보고 동정심을 느끼겠지. 그러면 모카는 맑은 눈물을 흘리며 말할 것이다. 죄송해요, 제가 진짜 사람이었다면, 제잇이 아닌 인간이었다면 이런 일은 없었을 건데. 아마 엄마 아빠는 그 말을 듣자마자 기겁하며 모카를 꼭 안아줄 것이다. 인간이라고 말해줄 것이다. 그런 종류의 포옹을 모카는 매일 밤, 잠에 들기 전에 상상하곤 했다. 그러면 상상 속 아빠의 얼굴은 이상하게도 언제나 효준 쌤이었다. 엄마는 맨들맨들, 이목구비가 없어 알아보기 어려웠다.

모카는 효준 쌤을 정말 좋아했다. 효준 쌤이 퇴근할 때마다, 집에 가지 말고 나와 놀자며 옷깃을 붙잡았다. 모카의 사랑을 받는 효준을 다른 선생들이 부러워한다는 것을 모카 역시 충분히 느끼고 있었다. 모카는 그 선생들을 모두 좋아했다. 그러나 효준에 대해서처럼 사랑하지는 않았다. 모카의 행동을 동정심을 유발하는 제잇 특유의 애착으로 해석해야 하는지, 아니면 효준이 교육한 실수의 일부분으로 봐야 하는지 질투하는 선생들 사이에서 갑론을박이 오갔다는 것을 알 리는 당연히 없었다. 모카는 자신의 '마음'이 시키는 대로 한 것뿐.

그렇게나 좋아하는 효준 쌤이 울고 있었다. 모카는 효준 쌤이 일어나기를 한참 기다렸으나 점점 목구멍이 타들어 가고 허벅지 안쪽이 근지러워졌다. 가만히 있으면 안 될 것 같았다. 엄마 아빠가 울 때 착한 제잇은 무얼 해야 할까? 모카는 고민했다. 따뜻한 물을 가져다주거나, 가서 울지 말라고 몸을 토닥이며 똑같이 눈물 그렁그렁한 눈으로 바라봐 주거나, 만약 울게 한 당사자를 안다면 솜방망이 같은 주먹을 꽉 쥐고서는 내가 가서 혼내주겠다고 말할 수도 있다. 어쨌거나 다양한 방법이 있다. 만약 잘못된 방법을 택해도 괜찮다, 효준 쌤에게 그게 실수였다고 말하면 될 것이다. 좋은 실수라면 칭찬을 받을 것이고 해서는 안 되는 실수였다면 훈계를 받겠지. 괜찮다. 훈계도 효준 쌤이 하는 거니까.

모카는 허리를 굽혀서, 효준 쌤의 구부러진 팔뚝을 손바닥으로 감쌌다. 항상 아래에서 위쪽으로 만져보기만 했던 부위를 이렇게 위에서 아래로 잡을 수 있게 된 게 신기했다. 너무 좋았다. 가끔은 이렇게 반대로 만져보고도 싶었는데, 드디어 이루다니. 모카는 효준을 불렀다. 효준은 일어나지 않았다. 인간 어른이 힘들어하면 가만가만히 만져줘, 그리고 기다려. 효준이 해줬던 말이 생각났다. 그래서 가만히, 효준의 살을 쓰다듬으며 열까지 셌다. 하나부터 열까지를 계속 반복하며 마냥 바랐다. 다음 열에는 쌤이 일어나기를, 일어나서 나를 보고 환하게 미소 지으며 안아주기를. 그러면 모카는 바로 실토할 것이다. 자신이 가장 최근에 무슨 실수를 저질렀는지. 효준의 칭찬을 바라며 모카가 언제나 하던 일. 칭찬을 받을지 훈계를 받을지, 경험적으로 확률은 반반이었으나 좌우지간 모카처럼 열심히 노력하는 아이는 없었고 모카도 효준도 그걸 잘 알았다.

박: 교장선생님은 이렇게 말하시던데. 교장용 화장실 문을 열었을 때 네가…… 작은 돌멩이로 효준 쌤의 뒤통수를 때리고 있었다고. 사실이니?

모: 넘어졌어요!

박: ……응?

모: 쌤은 뛰다가 앞으로 넘어지는 게 좋은 실수라고 했어요. 아이다운 실수라고. 저희는 그걸 다 배웠어요. 넘어지면서 돌

을 떨어뜨린 거예요.

박: 돌은 왜 들고 있었지?

모: 예쁜 돌이었어요. 방에 가져가려고 했어요.

박: 화장실 안에 왜 돌이 있지?

모: 밖에서 주워 온 거였어요.

박: 게다가 보통 인간은, 앞으로 넘어질 때 손바닥을 펴지. 너와는 다르게.

모: ……죄송해요. 학습했습니다.

박: 뭘 학습해?

모: 뭘 들고 넘어지는 실수는 배웠어요. 하지만 손바닥을 어떻게 해야 하는지는 배우지 않았어요. 그럼 제가 가진 걸 놓지 않기 위해 주먹을 쥐고 넘어지는 건 인간적인 실수가 아닌가요? 금지된 건가요?

박: 그렇게 욕심을 부리는 일곱 살짜리 제잇을, 인간들이 좋아할까?

모: 아…… 잘못했어요.

모카는 상대가 언짢다는 것을 감지했다. 그러나 사실 저 아저씨 앞에서 아무렇게나 행동해도 상관이 없다는 것쯤 눈치챘다. 아저씨는 자신보다 다른 형이나 누나들을 더 보고 싶어 하는 게 분명했다. 계속해서 뒤에 있는 파일을 들추는 것으로 잘 알 수 있었다. 모카는 눈을 가늘게 뜨고 문서에 적힌 글자들을 소리 내어 읽어보려 노력했으나, 아저씨는 그 낌새를 알아채고는 탁 소리를 내며 파일을 덮어버렸다.

아저씨는 몇 번 의미도 열의도 없는 질문을 하더니, 돌을 가져오고는 모카에게 힘껏 그걸 쥐어 보라고 했다. 돌에 핏자국이 있었다. 모카가 부들부들 떨며 주먹을 쥐자, 사진 몇 장을 찍었다.

그러고 아저씨는 미간을 잔뜩 찌푸리더니 밖으로 나가라며 손짓했다. 어차피 오늘은 더 질문할 게 없다고 했다. 밖에 있던 아줌마가 들어왔다. 아랫도리에 잔뜩 힘을 주고 있던 모카는 아줌마를 보며 물었다.

"아주머니, 저 쉬 마려워요."

그에게 더 마음이 갔기 때문이었다. 아줌마가 다정한 눈으로 보며 물었다.

"모카 혼자 쉬할 수 있니?"

모카는 고개를 끄덕였다. 혼자 쉬하지 않은 적은 기억하는 한 한 번도 없다. 그게 뭐 어렵다고. 바지를 내린다, 고추를 꺼낸다, 정면을 바라보며 각도를 조정한다, 발사.

"대단하네, 우리 아들내미는 모카랑 동갑인데 아직도 여자 화장실에 가야 하거든. 엄마가 챙겨줘야만 볼일을 볼 수 있어. 모카처럼 똑똑했으면 얼마나 좋았을까, 그 아이가?"

모카는 활짝 웃으며 대답했다.

"스쿨에서 가장 먼저 배웠어요. 절대 해서는 안 되는 1순위는 배변 실수입니다. 인간은 지저분한 아이는 좋아하지 않아요, 아무리 귀여워도요."

초록(13)

해당 사건이 터지고 나서, 거의 진행 완료되었던 입양이 무기한 연기되었다고 함. 14세부터의 입양 확률은 현저히 낮아지므로, 본 건 수사가 장기화되거나 자신이 혐의를 먼저 벗지 못할 경우 큰 타격을 입을 것으로 예상됨. 하여 최대한 수사팀의 편으로 끌어들일 것.

초록(이하 '초'): 너무 슬펐어요. 효준 쌤이 죽다니. 7세 반 애들은 효준 쌤을 다시 볼 수 없다는 사실을 이해하지 못하더라고요. 자꾸 저한테 물어봐요…… 그럴 나이죠.

박: 그 애들이 죽음에 대한 개념을 모른다고? 알 텐데. 적어도 모카는 아는 것 같더라만.

초: ……모카는 똑똑한 아이니까요.

박: 선생님들 증언에 따르면 네가 효준 쌤이랑 가장 친했던 아이라고 하던데. 다른 제잇들은 네가 편애를 받았다는 얘기도 하고.

초: 글쎄요. 모두가 효준 쌤을 따르고 싶어 했어요. 저뿐 아니에요. 잘 가르치는 스승을 더 좋아하는 건 당연한 일이에요.

박: 어떤 면에서 다른 교사들과는 다르다는 거지?

초: 아마도, 사랑받을 수 있는 실수를 잘 알고 있으니까요? 효준 쌤 말만 들으면 금방 최고의 집으로 입양될 수 있어요. 많이들 효준 쌤 덕에 좋은 곳으로 입양 갔다고 들었어요.

박: 근데 왜 너는…….

초: 편애까지 받는다는 너는 그러면 왜 아직 못 갔니, 하고 묻고 싶은 거죠? 좀 있으면 열네 살이 되고, 그러면 실패한 채로 3년을 더 있어야 할 텐데, 하고요. 그냥 말씀하셔도 괜찮아요.

박: 음, 그래. 말해봐라.

초: 효준 쌤이 저를 특별하게 다루신 것에는 분명한 이유가 있거든요. 저 같은 성격을 가진 애들한테는 특정한 수요가 있대요. 그래서 저는 다른 애들이랑은 좀 다른 교육을 받았어요, 효준 쌤에게.

머리에 칩을 꽂아도 타고난 성격과 취향은 바뀌지 않는다. 초록은 어렸을 때부터 책을 많이 읽었다. 그것을 안 효준이 책을 골라주었다. 내용을 따지자면 두 가지 부류였다. 첫 번째, 무언가에 성난, 그러나 이상하게도 집은 참 잘 사는 남자아이가 욕설을 내뱉고 절망한다. 혹은 두 번째, 성격은 거침없고 조숙하나 몸은 약한 여자아이가 자신보다 나이가 훨씬 많은 남자 어른에게 의지한다. 그 두 종류의 작품들에는 모두 세계 명작이라는 타이틀이 붙어 있었으므로, 초록은 책을 읽을 때마다 효준이 아닌 다른 교사들에게까지 칭찬을 들었다. 사실 그런 책이 딱히 재미있지는 않았지만, 책을 좋아하는 제잇은 초록이 아는 한 자신뿐이었고, 그 점이 효준으로 하여금 자신을 편애하게 만든다는 사실 역시 잘 알고 있었다.

너를 위한 거야. 효준은 말했다. 책을 좋아하는 조숙한 여자아이만을 선호하는 부모들이 있단다, 그런 부모들은 너를 학대할 확률도 훨씬 낮지. 너는 정말 좋은 집에 입양을 갈 거야.

"입양신청자가 너에게 관심을 가지면 이런 소설들에 나오는 여자아이처럼 굴어보렴. 그리고 그것이 실수였다고 빠르게 사과하도록 해."

"이 책의 주인공은 내내 실수하는 건가요? 그 실수로 사랑을 얻는 거고요?"

초록의 물음에 효준은 목을 젖히며 큰 소리로 웃었다. 오르락내리락하는 목젖을 보며 초록은, 초를 세고 있었다. 효준이 초록을 부를 때마다 같은 그룹의 제잇들이 시간을 잰다는 사실을 초록은 알고 있었다. 제잇들에게 인간적인 실수를 가르치는 효준은, 입양을 나가도 좋다는 최종 평가에 가장 영향을 크게 미치는 인물이었다. 아니, 굳이 영향력을 따지지 않는다 하더라도, 효준은 확실히 다른 교사들과는 달랐다. 실수를 벌하는 이들과 달리 실수를 용인하는, 아니, 실수를 원하는 스승. 압도적인 인기를 누릴 수밖에 없었다.

"그래, 그 말이 맞아. 너는 그런 사랑을 누리게 될 거야. 입양만 간다면."

그러나 이상하지, 배운 대로 행동하는데 초록은 입양신청자들을 뜨악하게 만드는 일이 잦았었다. 매 주말 오백 팀이 넘는 입양신청자들이 쌍쌍이, 혹은 홀로 와서 제잇들의 기숙사를 헤집고 마구 붙잡아 질문을 퍼부었다. 그렇게 그들은 맘에 드는 제잇을 찾아 입양 절차를 밟고는 했다. 초록에게도 정말 많은 이들이 다가와 치근덕댔다. 아마 외모 때문일 수도 있을 것이다. 제잇들은 전반적으로 모두 준수한 얼굴을 가지고 있었으나 초록에게는 조금 다른 면이 있었다. 그게 사람들을 홀렸다. 초록은 그러나 한 번도, 단 한 번도 최종적으로 선택되지 않았다. 여자 신청자들이 초록을 특히 경계했다. 처음에 그들은 눈을 빛내며 초록에게 다가왔으나, 대화하다 말고 어색한 웃음을 지으며 뒷걸음질 치고는 했다. 초록은 이해할 수 없었다. 효준이 가르치는 실수의 목적은 분명하다. 인간에게 사랑받기 위한 것이다. 그리고 초록은 효준이 원하는 대로 행동했다. 모든 인간을 사랑했다. 그런데 왜 사랑은커녕 지속적인 관심조차 자신의 팔자에는 없는 것인가?

그러나 마침내 누군가가 나타났다.

박: 아저씨가 잠깐 나가고 여자 수사관님이 들어와도 괜찮겠니? 아무래도 여자끼리 나눌 수 있는 대화도 있을 테니까.

초: 네, 뭐 상관없어요. 근데 아저씨.

박: 응?

초: 제가 어떻게 해야 아저씨를 다시 볼 수 있어요?

박: ……실수하지 말거라.

(잠시 녹음 끊김)

수사관 구서은(이하 '구'): 안녕, 초록.

초: 안녕하세요.

구: 효준 쌤이 창고에서 발견된 토요일 오후에, 어디서 뭘 하

고 있었는지 말해볼까?

초: 토요일 오후에는 항상 입양신청자랑 정기후원자들이 오는 시간인 거 아시죠? 두 시부터 다섯 시까지 저희를 보고 가죠. 그래서 그땐 당연히 접견 대기실에 앉아있었어요. 다른 애들이랑 같이요.

구: 하지만 그날 네 시가 넘어 너는 접견대기실에서 나갔지.

초: 보통 입양문의자들이 오면 한 시간쯤 아이들을 봐요. 그러니 네 시가 넘어가서 저를 부르는 사람이 없다면 굳이 앉아있을 이유가 없는 거죠. 대기실은 춥고, 저는 비참해졌으니까요. 그 기분을 아세요?

구: ……하지만 누군가가 너를 보러 대기하고 있었다는데.

초: ……몰랐는데요?

구: 정말? 그 사람은 항상 마지막에 너를 보러 왔다는데? 거짓말을 하니, 초록?

초: 거짓말이 아니에요. 오시지 않은 줄 알았어요. 원래는 그분 비서가 미리 와서 저한테 귀띔을 하거든요. 4시 넘어서 오실 거니까 알고 있어라, 하고. 하지만 그날은 그분 비서가 오지 않았어요.

마침내 나타난, 초록을 원하는 입양신청자. 그 남자는 제잇스쿨의 큰 후원자 중 한 명이었고, 스쿨의 교사들 사이에서는 키다리 아저씨라는 별칭으로 불리곤 했으나 칭찬이 아니라 비꼬는 의미에 가까웠다. 그가 초록을 마음에 들어 하는 이상 초록이 아무리 도망쳐도 다른 입양 희망자들은 언제나 2순위일 수밖에 없었다. 다른 아이들은 초록을 부러워했다. 반드시 초록이 그에게 입양되리라 여겼으니까.

초록은 그 사람이 너무나 불편했다. 효준이 그러도록 시킨 것이나 다름없었다. 키다리 아저씨는 효준이 학습시킨 소설 속 좋은 남자들과는 달랐다. 두 가지 덕목 중 하나를 가져야 아저씨는 소설 속에서 소녀에게 사랑받는 키다리가 될 수 있다. 첫 번째, 소녀의 맹랑한 우울과 대비되는 침묵의 중후한 우울을 가져야 한다. 두 번째, 자신을 증빙하려 애쓰지 않고 계속해서 낮춰야 한다. 그러나 키다리 아저씨는 두 가지 다 충족하지 못했다. 말이 많을뿐더러 자꾸 자기 자랑을 했다. 그리고 마침내 그가 초록을 입양하겠다는 의사를 밝혔을 때 초록은 효준을 찾아갔다.

"안 된다고 해요. 저를 최종 검증에서 떨어뜨리면 되잖아요. 불합격을 주세요."

"그럴 수는 없어."

초록은 입을 벌렸다. 그를 어려워하도록 유도한 이는 효준이었다. 그런데도 자신을 그에게 보내겠다고?

"왜 내 의사는 묻지 않아요? 내가 그 사람이 싫으면요?"

"그건 불가능해."

"왜 '불가능'하다는 거예요?"

"……그래야 할 이유가 있어. 어쨌거나 그 사람이 싫다, 같은 얘긴 하지 말렴. 그럼 스쿨 사람들이 네 칩을 꺼내어 오류를 바로잡겠지."

"오류라고요? 뭐가 어떻게 오류인 건데요?"

효준은 고개를 저으며 대답했다.

"내가 말실수했어."

실수는 사람다움을 인정받기 위한 것. 결함은 아름다운 것. 그러니 초록은 더 반론할 수 없었다. 그러나 대신, '칩의 오류'라는 것이 무엇인지 알아내기 위해 여기저기를 들쑤시고 다녔다. 성과는 없었지만.

그렇게, 암묵적으로 결정된 입양 전 마지막 토요일 오후가 찾아왔다.

키다리 아저씨는 언제나 느지막이, 네 시가 넘어서야 초록을 부르곤 했다. 다른 입양문의자들에게, 인기 있는 아이들을 먼저 만나볼 수 있는 자신의 특권을 과시하려는 의도였다. 그러고서는 마지막에 초록을 불러서는, 삐딱하게 선 초록이 소설 속 주인공처럼 괴팍한 말을 던질 때마다 즐거워했다. 그가 언제나 마지막 순서였기에 초록은 매주 토요일의 남은 시간을 불쾌한 기분으로 보내야 했다.

이 불쾌감은 결함이자 실수라고, 그러니 아름다운 거라고 초록은 자신을 합리화했다. 오늘 자신의 앞에서 형식적인 동의 절차가 이어진 후 입양이 진행될 거였다. 너무나 싫은데, 어떻게 해야 하지. 초록은 생각했고 자신이 읽은 소설들을 떠올렸다. 여자아이들은 곤경을 어떻게 극복하더라? 물론 사랑받을 수 있는 인간적 실수의 차원에서. 왜냐하면, 자신 같은 나이의 어린 제잇이 제잇스쿨을 벗어나 살아갈 수 없다는 사실 역시 초록의 비상한 머리는 일찌감치 알았으니까. 고민 끝에 두 가지 선택지를 떠올릴 수 있었다. 두 가지 선택지를 합하는 것도 가능했다. 그러면 더 소설 속 여자아이들을 닮을 것도 같았다.

초록은 화장실에 가서는 자기 코를 주먹으로 여러 차례 내리쳤다. 코에서 나온 피를 교복 치마의 엉덩이 부분에 잔뜩 묻혔다. 베이지색 치마는 습기가 조금만 닿으면 색이 티 나게 진해지곤 했다. 그 상태로 조금 돌아다녔더니 입양신청자들이 술렁였다. 주로 여자 어른들이. 그들은 접견을 담당하는 교사에게 달려갔고 교사는 당황하며 초록을 기숙사로 보냈다. 물론 제잇에게 생식능력이 없다는 사실을 그 교사는 알았을 것이나, 일단 인간에게 불편한 장면을 보이지 않는 것이 먼저이니까.

아, 자신의 얼굴을 때리는 것은 13세 그룹에게 용인된 실수였다. 주로 인간 부모에게 동정심을 유발하기 위한 목적이라고 배운 바 있었다.

초록은 자기 방으로 가지 않고, 대신 효준이 사는 교사용 방으로 향했다. 효준은 토요일에는 언제나 기숙사의 자기 방에 틀어박혀 있었다. 그를 제외한 모두가 입양 과정을 위해 본관에 있을 때, 홀로 굳이 외로이.

지겸(16)

이 나이대의 남자아이를 입양하겠다는 사람은 대체로 어떤 목적을 가지고 있다고 생각하는지 교사들에게 직접적으로 물었다. 그들은 하나같이 난처한 척 웃으며, 목적이 있겠느냐고, 그냥 애정이 아니겠느냐고 되물었다. '애정'이라. 몇 번 보지도 않은 아이에게 애정이 생길 수 있을까, 심지어 이차성징이 발현 중인 남자아이에게. 물론 지겸은 여느 사춘기 남자아이들과는 달리 피부가 깨끗하며 좋은 냄새가 나지만, 그렇지만.

구: 효준 선생님과 너의 사이가 좋지 않았다는 증언이 있어.

지겸(이하 '지'): 사이가 좋지 않았다는 건 잘못된 표현이에요. 저를 일방적으로 싫어하셨다는 것이 옳아요. 저는 계속 쌤의 마음에 들려고 노력했지만, 실패했지요.

구: 왜? 어떤 일이 있었지?

지: 모르겠어요. 그게 문제예요. 인간의 악의에 확고한 이유가 있지 않다는 것을 저는 효준 쌤을 통해 배웠어요. 그것이 제잇과 다르죠. 제잇은 반드시 합당한 이유가 있어야만 누군가를 싫어할 수 있으니까.

구: 그럼 너는 효준 쌤을 싫어하지 않았다는 거니?

지: 싫어하지 않았어요. 어떻게 그럴 수 있겠어요? 게다가 짐작하시겠지만 저 같은 제잇에게는 수요가 거의 없어요. 사실

저는, 입양이 되지 못할 가능성이 이미 99퍼센트죠. 그러니 슬슬 제 앞가림을 해야 해요. 마냥 말 잘 듣던 어린 시절과는 다르다고요.

구: 잠깐, 잠시만. 입양이 되지 못할 가능성이 그렇게 높다고? 그 이야기는 제잇스쿨의 주장과는 달라. 네 나이, 네 성별에 대한 수요를 예측해서 그만큼의 제잇을 계발하고 교육하지 않니? 입양률이 99퍼센트에 육박하잖아.

지: 제가 나머지 1퍼센트죠. 저는 애당초 16세용으로 태어나지 않았으니까요.

지겸은 본디 7세에 입양될 용도로 태어나고 교육된 제잇이었다. 그러나 입양되지 못했다. 7세용 실수가 누적된 채 13세용 실수를 다시 배웠다. 13세에도 입양되지 못했다. 이어 16세용 실수를 배웠다. 교육과정은 서로 달랐다. 7세용에게는 허용되는 실수가 13세용에게는 아니었다. 마구 충돌하는 지점들도 있었다. 차라리 뇌 전체가 칩으로 교체되었다면, 혹은 자신이 아예 안드로이드였다면 데이터의 수정이 빨랐을 텐데. 지겸이 타고난 인간의 뇌는 지극히 비효율적이었다. 머릿속이 마구 뒤엉켜 버렸다. 만약 입양될 수 있었다면 양부모들이 그 실수를 어느 정도 교정해 줬을 것이다. 선한 마음으로, 넘치는 사랑으로. 그러나 지겸은 언제든 선택받지 못했다. 지금 스쿨의 16세 그룹에서 지겸은 유일하게 도태되어 남은 제잇이었다. 어떤 실수가 16세용이고 어떤 실수는 과거에만 가능했는지, 더는 구분되지 않았다.

"오빠는 대체 왜 입양이 되지 않는 거야? 오빠는 잘생겼고, 똑똑하고, 입양신청자들한테도 인기가 많'았'잖아."

초록은 어렸을 때부터 실실 웃으며 지겸에게 묻곤 했다. 만약 초록이 별 볼 일 없는 쭉정이였다면 지겸은 역정을 내고 괴롭혔을 것이나, 초록은 평범한 대상이 아니었다. 효준에게 편애를 받는다는 소문이 자자한 아이였다. 자신이 함부로 대할 수 없었다.

"효준 쌤이 날 싫어했으니까."

"응?"

"그 쌤이 합격점을 주지 않는다면 나는 평생 입양될 수 없는 인조에 불과하지. 계속해서 내 점수를 낮게 줘, 그걸 보는 인간 어른들이 주저하게끔. 난 입양을 주저하는 어른들은 이해해, 인간답지 않은 인간이 무섭고, 그러니 공인된 수치가 필요하겠지. 그러나 그런 공정을 통해 나를 남긴다면, 잉여로 만든다면…… 그건 누구의 어떤 실수일까?"

그러자 초록이 물었다.

"내가 도와줘? 난 선생님이랑 친하잖아."

지겸은 초록을 때리고 싶어 주먹을 꾹 쥐었으나, 참고 고개를 저으며 말했다.

"내가 해결할 수 있어."

어쨌거나 지겸은 자신이 지금 용의자로 신문 받는 것을 이해할 수 없었다. 그 토요일 오후, 지겸은 스쿨의 교장과 면담을 하기 위해 교장실 앞 복도에 쪼그리고 앉아 기다리는 중이었다. 교장실 안에 교장이 있는지 없는지도 몰랐지만, 사실 교장을 본 적도 거의 없지만, 그저 하염없이 그를 속으로 불러대며 애만 태웠다. 효준을 해할 마음은 전혀 없었다. 감히 제잇이 어떻게 인간을. 그런데도 그저 자신이 평소에, 상위자인 그에게 미움을 받았다는 이유만으로 고초를 겪는 상황이었다. 인간들은 왜 이런 상하적 불합리를 이해하지 못하는가? 지겸은 생각했다. 설마 이런 무지가 '인간적 실수'의 범주에 포함되는 걸까?

물론, 교장에게 면담을 요구한 이유가 효준 때문이기는 했다. 제잇이 학습해야 하는 실수의 종류는 나이가 들수록 줄어들었고, 16세의 남자 제잇에게는 그 선택지가 극도로 적었다. 7세 때는 목욕을 하다가 나와 홀딱 벗은 채 웃으며 돌아다녀도 되었으나 이제는 그렇지 않았다. 13세 때에는 운동장에서 마구 뛰다가 친구를 끌어안은 채 넘어져도 되었으나 이제는 그렇지 않았다. 그리고 지겸은, 13세 때 용인됐던 실수를 했다가 효준에게 '경고'를 받은 상태였다. '경고'가 누적되면 오랜 기간 입양신청자들을 만날 수 없었다. 16세에 입양되지 않는다면 이제 효준은 사회로 방출되어 부모 없는 청소년이 될 것이었다.

효준은 정말 중요한 시기마다 계속해서 지겸에게 경고하곤 했다.

애초부터 16세에 입양되기 위해 키워진 제잇들은 지겸의 상황을 이해하지 못했다. 그들은 유효기간이 다 된 실수를 배운 적도 없고, 정해진 시기 입양을 가지 못해 절망한 적도 없으니까.

그래서 그들은 종종 지겸을 따돌렸다. 따돌림은 7세와 13세 그룹에서는 금지된, 그러나 16세 그룹에서는 교육되는 실수였다.

제잇이 교장에게 면담을 요청하는 것은 유례가 없는 일이었다. 심지어 스쿨의 정책과 결정에 이의를 제기하는 행위라면 더더욱. 지겸은 자신이 얼마나 어려운 일을 시도하고 있는지 알았고, 이 시도의 결과로 그 어떤 벌을 받게 되더라도 괜찮다고 생각할 만큼 낙담해 있었다. 입양되지 못한 채 고아 상태로 사회에 방출되나, 지금 나가나 그게 그거였다. 자신이 죽을지도 모른다는 공포가 지겸을 거기 앉아있게 했다.

지: 생각해 보세요. 일곱 살과 열세 살에, 두 번이나 도태된 열여섯 살짜리 제잇을 누가 입양하려고 할까요? 어떤 이유로? 여자애도 아니고, 남자애예요. 목소리는 변성기라 듣기 싫고 얼굴엔 여드름이 가득하며 냄새를 풍기기도 하는, 그리고 툭 하면 여자에 대해 야한 상상을 하는 이 나이 남자애에 대한 선입견이 인간들에게는 가득해요. 아니라고 말씀하실 건가요? 만약 수사관님이 저를 필요로 해서 입양한다고 생각해 보세요. 이유가 무엇일 것 같아요?

구: ……너를 사랑해서겠지. 입양된 16세들이 어떤 장점을 가지고 또 어떤 노력과 공부를 했는지, 네가 알아야 하지 않았을까? 효준 쌤을 탓하기 전에, 먼저.

지: 그럼 지금까지 저를 사랑하는 상대를 만나지 못했기 때문인 거군요. 8세 때 저에게 온 입양신청은 23건이었어요. 13세

때에는 7건이었고요. 그런데도?

구: 제잇이, 자신에게 온 입양신청 건수를 알 수가 있니?

지: 스쿨에서 그런 건 얘기 안 하던가요? 다 알고 있어요. 매주 공개적으로 게시하니까. 모두가 알아요, 자기 입양신청 건수를.

물론 교장에게 하고 싶은 말이 고작 지겸 자신의 괴로움만은 아니었다.

"따돌리고 있어, 애들이 나를."

한 계절 전, 초록의 말에 지겸은 깜짝 놀랐었다. 아무래도 13세 그룹의 여자아이들에게 따돌림은 허용되지 못한, 따라서 교육되지도 않은, 아예 개념 자체가 존재하지 않는 실수이니까. 따돌림은 16세 남자 그룹에만 교육되는 실수였다. 그럼에도 저지르고 있다는 것은 명백히 하나의 가능성을 가리켰다. 초록이 실재하지 않는 따돌림을 홀로 느낀다는 것. 초록만이 그런 오류를 보이는 이유가 무엇일까. 초록만이 교육을 잘못 받았기 때문일거라고 지겸은 판단했다. 그리고 초록만이 받는 교육은, 당연히 그 책들을 가지고 장난질을 치는 효준에게서 나온 것이었다.

"왜 애들이 널 따돌리는 것 같은데?"

지겸의 물음에 초록이 대답했다.

"효준 쌤이 나를 편애하니까."

13세 여자 그룹에게는 따돌림 같은 실수는 가능하지 않아, 라고 지겸은 초록에게 말하고 싶었다. 그러나 초록에 대한 연민이, 혹은 자신의 상황에 대한 투영이 지겸을 막아 세웠다.

지겸은 대답했다.

"네가 얼른 입양 가면 해결될 문제네. 들었는데, 너 입양신청자 생겼다고. 돈도 많고 무슨 신문사 가지고 있다고 벌써 소문 쫙 돌았어."

그러자 초록은 고개를 젓더니 중얼거렸다.

"불편해."

"뭐?"

"가고 싶지 않아. 그 사람, 싫어."

그러나 정해진 나이인 13세에 입양되지 못한다면 초록은 3년을 더 기다려야 한다. 그리고 그때가 되면 자신처럼 원한에 가득 찬 이가 될 터였다. 지겸은 물었다.

"효준 쌤한테 얘기해 봤어? 네가 그런 마음 가지는 거, 다 그 사람 잘못일 수도 있어."

"……나도 당연히 그렇게 생각은 했어."

"뭐?"

"쌤이 읽으라고 한 책들이 온통 그런 얘기야. 학습은 점점 빨라지지, 결국엔 다 비슷한 줄거리와 구조로 되어 있거든. 이제 나는 더 이상 나와 그 책에 나오는 여자아이들을 구별할 수가 없어……."

잠깐의 침묵이 흐른 후 초록이 오빠, 하고 지겸을 불렀다.

"응?"

"오빠는 아주 어린 시절부터 실수를 다 알잖아. 7세에, 13세에, 그리고 16세에게 요구되도록 맞춰진 실수가 어떤 것인지 아는 제잇은, 스쿨에선, 오빠뿐이지."

"그렇지. 물론 정작 내 몸에 적용하려면 자주 헷갈리긴 하지만."

인정하려니 몹시 슬프지만 사실이었다. 초록은 지겸의 눈을 빤히 바라보았다. 그 애의 입술이 비틀렸다.

"나도 알고 싶어. 알려줄 수 있어?"

"내가 왜?"

"원래 누군가를 가르치면 자기도 더 잘 알게 되잖아. 오빠가 가끔은 헷갈려하는 것 같아서. 정리하는 차원으로. 어때?"

지겸은 잠시 고민하다 고개를 끄덕였다.

제잇은 실수한다

수정부터 탄생까지가 모두 체외에서 이루어지는 인간 개체에 대한 수요가 감지되기 시작한 것은 대략 21세기 초중반으로 알려져 있다. 21세기 초반에는 주로 자녀를 가지는 시기를 계획하고 싶어 하는 부부들이 사용했으며, 21세기 중반 인공 자궁 기술이 발달한 후에는 자연적 임신 상태를 피하고픈 여성들이 환호했다. 그러나, 그런데도, 인구수는 위험한 수준으로 떨어졌다. 미혼모나 미혼부에 대한 복지를 늘리고 반대론자들의 숱한 테러까지 불사해가며 동성혼을 합법화했으나 여전히 출생률은 늘지 않았다. 대체 왜? 목이 간당간당하게 되어 버린 국가는 그 이유를 알아내려 골머리를 앓았다.

결정적인 실마리는, 어느 연쇄살인에서 나타났다. 부유한 신도시의 어린이집 원장의 60세 된 남편이었던 그는 만 6세 이하의 아이 열다섯 명을 살해했고, 범행 동기에 대해 '돈 먹는 이기적 똥싸개들을 키워봤자 반사회적인 인간이나 되는데 그런 투자를 무엇 하려 하느냐'고 되물었다. 자신이 그 부모의 우매함에서 탄생할 비극을 이미 막아준 거라고. 그의 서른다섯 살 먹은 아들은 폭행과 사기 혐의로 수용된 지 오래고, 서른 살 먹은 딸은 10년째 방에서 나오지 않는 히키코모리라는 것은 이후 알려졌다. 어쨌거나, 천문학적인 돈과 시간을 쓰며 아이를 키우는 것은 일종의 베팅이라는 누구나 눈 가리고 모른 척했던 사실을, 그리고 이윤을 만들지 못할 가능성이 몹시 높음을 그가 새삼스레 일깨워 준 셈이었다.

그렇다면, 투자해야 하는 자본을 줄이면서 리스크를 최소화하는 방법은 어떨까.

하여 제잇이 탄생했다.

기증받은 정자와 난자로 만들어졌으니 분명 인조는 아닌, 명백한 인간이었다. 다만 수정 이후 한 번도 누군가의 자궁 속에 들어앉아 있던 적은 없는 아이들, 그리고 정확히 열 달을 지켜 인공 자궁에서 방출되는 '출생' 후 국가에 등록되어 교육받은 아이들. '말도 안 통하고, 똥만 싸고, 돈이나 먹고, 부모를 괴롭게 만드는' 지긋지긋한 어린 시절을 제잇은 국가의 통제하에 보냈다. 제잇은 태어나자마자 초등학교, 중학교, 고등학교 진학을 앞둔 나이에 입양될 목적으로 각각 설계되고 교육받았다. 7세, 13세, 그리고 16세 그룹으로 분리되어.

제잇의 뇌 '대신' 칩을 꽂아 넣는다는 세간의 뜬소문도 있었으나 이는 반대론자들의 억지일 뿐 사실이 아니었다. 정확히는, 대뇌 아래, 후두부 중앙쯤에 칩이 삽입되었다. 그것은 대뇌의 활동을 일부 돕고 일부 억제하는 일종의 보조장치일 뿐, 대뇌가 살아 있으니 제잇은 인간이며 인간으로 대우받아야 한다고 국가는 선전했다. 아주 사소한 지능 향상에 입양 당사자를 향한 끝없는 사랑, 일정 수준 이상의 공격성 완화(아예 공격성을 없앨 수는 없었다. 기본적으로 부모들은 제잇들에게 남을 배척하고 자신만을 사랑하길 원했으니까), 그리고 긴급 상황 발생 시 정부 측의 조종 수용을 위한 기능을 탑재한 칩. 그것만 제외한다면 제잇은 모두 인간적 자유의지를 가지고 있다고 국가는 보장했다.

제잇이 인간이라는 국가적 보장의 정점이 바로, '실수'였다. 그들이 컴퓨터가 아니라 인간이라는 증빙. 어린 제잇들의 귀여운 실수는 흔하게 광고되는 장면 중 하나였다. 7세 제잇의 콧물 방울, 13세 제잇의 가볍고 우스꽝스러운 낙상 장면, 그리고 16세 제잇의 또래를 향한 앙증맞고 무해한 질투—응당 이 질투는 성장을 동반해야 한다—같은 것. 그것을 제잇은 학습했다. 그 성취 수준이 입양 가능성을 판단하는 마지막 관문이었다.

그리고 제잇스쿨 안에서 살해된 정효준은 스쿨의 실수 교육 담당자였다.

*

"아무래도 동기는 지겸이 가장 강력하긴 한데. 걔가 다른 애들을 움직여서 살해했을 가능성은 없을까요?"

민석의 물음에 서은은 고개를 저었다.

"칩의 척력과 인력. 제잇들이 물론 그 존재를 모른다고 하긴 하지만, 그게 작동한다면 어떻게 제잇이 인간을 죽일 수 있었겠어?"

제잇의 칩끼리는 척력이 발생하고, 칩과 진짜 인간의 뇌 사이에는 인력이 작동하도록 칩이 설계되어 있다고 교사들은 수사관들에게 설명했다. 마치 제잇은 N극이고, 인간은 S극인 것처럼. 제잇 간의 그 어떤 결속도 인간의 요구와 안위를 초월하지 못하도록 하는 것이 목표였다. 이는 제잇 설계의 큰 원칙 중 하나지만 다른 설계 역시 그러하듯 외부에 공개된 사항은 아니었다. 극비는 아니지만, 서로가 쉬쉬하는. 게다가 설령 제잇이 이 사실을 안다고 하더라도 절대 거스를 수는 없다고 관계자들은 하나같이 입을 모아 확언했다.

"칩 설계에 구멍이 있을 수도 있잖아요."

"첫 제잇이 테스트로 입양된 것이 벌써 30년 전이야. 당시 이미 16세였던 그룹도 있었을 테니, 너와 나보다도 나이가 많은 제잇이 이미 사회에 가득하지. 지금까지 아무런 문제도 없었는데 갑자기 프로그래밍 오류? 그럴 수 있을 것 같아? 일단, 오류의 의혹을 지적하는 것은 제잇을 만들고 키운 30년간의 국가사업에 도전하는 일이야. 게다가 너랑 나는 둘 다 설계는커녕 프로그래밍의 피읖도 알지 못하는데, 멍청한 대가리 가지고 함부로 지껄였다가 무슨 손해를 입을래?"

"그럼 어쩌시려고요."

"누군가 죽이긴 했으니 분명 함정이 있긴 한 거지. 여보세요, 우린 그 함정 위에 뿌린 낙엽 정도만 찾으면 돼, 그러면 그다음은 윗사람들이 알아서 해. 함정을 메우든, 아니면 낙엽을 치우고 펜스를 두르든. 내가 항상 말하잖아, AI가 아니라 우리가 수사관으로 일하는 이유가 뭔데?"

숨겨야 하는 걸 숨길 수 있기 때문이죠……라고, 민석은 중얼거리며 다시 신문 녹취록을 들춰보았다. 종이 위에 프린트라니, 누가 보면 시대착오적이라고 한참을 비웃을 터였다. 아무리 도끼눈을 뜨고 보아도 바뀔 리 없는 데이터였다. 부검 결과도 그 아래 함께 철해져 있었다. 직접적인 사인은 후두부 손상으로, 이 기록에만 따른다면 가장 유력한 용의자는 돌을 들고 피해자의 머리를 내려치는 모습으로 발견된 일곱 살짜리 모카였다. 물론 21세기 초 같은 야만의 시대에만 하더라도 어린아이를 범인으로 상정한 범죄 서사물이 종종 있었다고는 하지만 그거야 허황된 상상력과 비뚤어진 윤리 의식이 만들어 낸 '서사물'이지, 물리적으로는 불가능한 일이 분명했다. 그 가느다란 손으로 자갈을 집어 던져봤자 무슨 위협이…… 게다가 7세 그룹의 제잇은 또래의 인간과 비교하면 놀라울 정도로 바르고 선해 다른 나이대의 제잇보다도 인기와 수요가 압도적이었다. 차라리 모카를 닮은 인간 아이가 몰래 침입해 효준의 뒤통수에 돌팔매질했다는 것이 더 설득력 있을지도 몰랐다.

"초록은 어때요? 걔가 그, 언론사 사장인가, 그 사람이 접견하러 왔을 때 대기실에 없었다면서요."

"기숙사에 갔었다잖아. 출입 카드 찍은 기록도 있고."

"기록 안 찍고 들어가거나 나오는 방법이 있을지 누가 알아요? 사실 선배, 내 학창 시절 생각해 보면요, 그런 꼼수는 백 퍼센트 존재해요. 어른들만 모를 뿐이지."

"기숙사에 개구멍이 있다 이거야? 네가 다 뒤지고 찾을래? 내일 하루 줄게."

"……아뇨."

"게다가 걔는 피해자한테 사랑을 받던 애야. 뭐 하러 죽이니?"

"그거야 모르죠……."

"근데 하긴, 걔 참 의뭉스럽긴 해. 그 애, 딱 봐도 네 나이대 남자들에게 어필하도록 길러진 애던데. 의도가 너무 보이더라. 비뚤어진."

민석은 헛웃음을 터뜨리더니 말했다.

"맞아요. 하지만 선배, 제가 처음 여기 발령받아 왔을 때 선배가 했던 말이 뭔지 기억해요?"

"그걸 어떻게 기억해."

"너무하네! 나는 기억하는데. 선배는 나한테 그랬어요. 드디어 무식해서 잘 써먹을 수 있는 놈이 왔구나, 마음이 아주 놓이네, 라고."

"……내가 그랬니."

"그런데 선배 말이 맞아요. 공부 많이 한 애들은요, 공부 안 한 애들을 이길 수 없죠. 머리 안 굴러가는 애들의 차원을 이해하지 못하거든요. 그 초록이란 애요, 나한테도 수작을 부리더라고요? 그런데 미안하게도 나는 그 애 말을 하나도 못 알아듣겠던데요."

"책 좀 읽어라, 민석아."

제잇들 모두가 똑똑한지는 모르겠지만 적어도 사회에 진출한 제잇들은 다들 한 자리를 차지하고 있다. 서은은 껌을 씹듯 그 말을 몇 번이고 되새겼다. 그건 칩의 프로그래밍 정도보다는 사실 제잇을 주로 입양하는 층과 관련이 있을 게 분명했다. 제아무리 정착된 제도라 하더라도 서은은 기본적으로 회의적이었다. 아이를 가지고 싶다면 응당 자신과 닮은, 자신의 유전자가 계승된 개체를 원하는 것이 인간을 비롯한 동물의 본능일 거라고 확신했다. 일단 아이를 낳아본 자신이 확증하건대 그랬다. 짧게는 7년에서 길게는 16년, 겨우 그 정도 시간을 낭비하지 않기 위해 뿌리도 모르는 인조인간—명확히 말해 제잇은 '인조'가 아니었으나 서은은 그런 논리에는 관심이 없었다—을 자식으로 입양한다? 그 입양자들은 제정신이 아닐 것이라고 서은은 생각했다. 인간적인 군더더기를 보이며 사랑받기 위한 그놈의 '실수'는, 가장 소름 끼치는 양념이고.

서은은 민석을 조수석에 둔 채 시동은 걸지도 않고 턱을 두드렸다. 어떤 인간들이 그런 인조인간을 원할까, 계속 헤아리며. 분명 사건에 집중해야 하는데, 누가 효준이라는 인간을 죽였는지를 찾아야 하는데, 자꾸만 세 아이를 도구로 삼았을 누군가가, 즉 인간이, 배후에 있을 거라는 생각이 드는 것을 막을 수 없었다. 제아무리 제잇이 총명하다 하더라도 그들은 기본적으로, 뭉칠 수 없으니까. 같은 극을 가진 제잇끼리 하나로 뭉칠 수 있는 조건은 하나. 반대의 극을 가진 인간이 중간에 머물 경우다.

"선배. 전화 와요."

민석이 말했다. 서은은 화면을 내려다보았다. 남편이었다. 보나마나 아들이 사고를 쳤겠지. 남편이 질질 짜면서 신세 한탄을 하겠지. 서은은 혀를 차며 차를 출발시켰다. 교장실이 너무 높은 곳에 있어서 걸어갈 엄두가 나지 않았기 때문이었다.

제잇이 교사를 살해한 혐의를 받고 있다는 사실은 아직 외부로 전혀 유출되지 않고 있었다. 교장의 힘으로 모두의 입을 막고 있는 것인지는 알 수 없었지만.

경사가 심하고 높은 언덕을 올라가야 있는 교장실은 독채였다. 이런 곳에서 홀로 군림하고 있는 인간이 학생에 대해 무얼 알겠느냐고 민석은 냉소했다. 서은 역시 동감이었다. 특히 인간 아이가 다니는 학교에서 교장실이 폐지된 지는 오래되었으므로 더더욱.

교장보다 제잇을 먼저 신문하겠다는 수사관들의 말에 현장 신고자인 교장은 딱히 이의를 제기하지 않겠다고 했었다. 그러니 두 사람 다 교장을 처음 보는 것이었다. 제잇스쿨의 교장은 신상이 외부에 잘 드러나지 않았다. 그저 제잇 설계와 교육의 오랜 권위자라는 정도만 알려져 있을 뿐. 정체를 숨기는 이유로 든 것은 간단했다. 생부와 생모가 존재하지 않는 인간을 만들어 교육한다는 것을 비난하며 테러를 자행하는 이들이 아직도 활동하고 있다는 논리였다. 제잇이야 테러로 죽어도 다시 만들어 키울 수 있지만, 기술을 탑재한 교육자는 그렇지 않다고.

그리고 교장이 문을 열었을 때 서은은 놀랐다. 교장이라기에는 젊어 보이는 얼굴 탓이었다. 죽은 효준과 비슷한 40대 중반 가량. 그리고 교장은 서은이나 민석이 먼저 묻기도 전에 일찌감치 사실을 털어놓았다.

"효준과는 대학에서 만나 함께 공부한 친구입니다. 효준은 인간 교육에 관심이 많았죠. 반대로 저는 인간의 뇌를 제어해 사회를 안전하게 만드는 기술에 흥미가 있었고요. 이 시작점의 차이가 평교사와 교장이라는 위치 차이를 낳은 게 아닐까요. 제가 효준을 이 학교에 취직시켰거든요. 실수를 누구보다 잘 가르칠 수 있다고 생각해서."

"관심이 있었다고 하기에는, 피해자는 인간을 교육한 적이 없던데요. 전공도 그게 아니고요."

"모든 노동이 기록되는 것은 아니지요. 효준은 젊은 시절 개인과외나 학원강사를 엄청나게 했습니다. 나라에 신고는 하지 않은 단순 아르바이트였다고 알고 있습니다만. 과외야 대부분이 무신고 상태로 이루어지고, 학원의 경우엔 효준이 아니라 학원장에게 책임을 물어야겠지요. 노동환경이 좋지 않았다고는 들었습니다만 갠 언제나 돈이 급했어요."

"제잇 스쿨이 아닌 일선 학교에서 정식 교직을 얻을 시도는 왜 하지 않았을까요?"

"글쎄요. 그것은 모릅니다. 시도했으나 실패했을 수도 있지요. 게다가 효준은 출발선 자체도 너무 뒤처져 있었고요."

교장은 피식 웃었다.

"그런데, 외람된 말씀이지만, 교장 선생님은 피해자에 대해 별다른 애정도 우정도 없는 것처럼 말씀하시네요. 일자리를 주실 정도로 가까웠던 사이로는 잘 보이지 않습니다. 이유가 있을까요?"

서은의 물음에 교장은 되물었다.

"그 아이…… 용의자. 이름이 뭐였죠? 열여섯 살짜리?"

"지겸이요?"

서은은 되물으며 속으로 혀를 찼다. 제아무리 학생이 많다고는 해도, 어찌 용의자로 지목되어 고초를 겪는 학생의 이름조차 기억하지 못하나, 하고. 너무나 분명하다, 저 사람은 좋은 교육자가 아니다. 이백 퍼센트 확실하다. 심지어 이렇게 올라오기 힘든 언덕에 홀로 성채를 지은 꼴을 보면…….

"그래요, 지겸. 그 아이가 괴롭힘당한 이야기를 듣고 나니 워낙 어렵죠, 그 사람이 좋은 사람이었다고 판단하기가."

"그 아이가 말하기로는 학교에서 별다른 조치를 해주지 않았다는데요."

"어린아이들에게는 언제나 한이 넘치지요. 그 한이 끓는점을 지나 넘칠 때 부엌을 어지르지 않도록 정리해 주는 게 교장이 하는 일일 터이고요. 저는 불이 줄어들도록 노력했습니다. 하지만 실패했지요. 결국 냄비가 넘쳤고요. 저의 잘못도 있기야 하겠습니다, 불 조절에 능숙하지 못해 실수하였으니."

"지겸을 의심하신다는 건가요? 그런데 왜 지겸은 교장선생님의 노력을 몰랐을까요?"

"냄비 안에 있는 아이들이 밖에 있는 손이 무얼 하는지 어찌 알까요?"

"제잇을 냄비 속 재료라 부르는 건가요?"

"음, 그것이 수사관님들의 윤리 의식을 건드립니까?"

교장의 반문에 서은은 말을 멈추었다. 민석이 헛기침을 하고는 방향을 틀어 물었다. 교장선생님의 추리로는 어떤 가능성이 가장 유력합니까, 역시 지겸입니까, 라고.

"초록이죠."

"예?"

"초록에게 집착하는 입양신청자가 있다는 사실은 모두가 익히 알고 있는 사실이죠. 그 사람이 정상은 아니라는 것도."

민석은 당황한 표정으로 서은을 바라보았다. 그러거나 말거나, 교장은 대단히 무료한 얼굴로 말을 이었다.

"그렇게 힘이 있는 사람이 작정하고 일을 벌인다면, 그 누가 막을 수 있겠습니까? 심지어 인간의, 인간적인 악의는 기술로는 가장 예측하기 힘든 결과를 불러일으키니까요. 보통 인간의 악의가 강하고 감정적일수록 실수가 첨가되기 때문입니다. 실수가 잦아지면 노이즈가 생기니 원본의 예측도 힘들죠."

"그렇다면 왜 실수를 가르치는 것이죠? 악의가 강할수록 실수도 첨가된다면요."

민석의 물음에 교장은 의아한 표정을 지었다. 어찌 보면 불쌍히 여기는 것도 같았다.

"반대입니다. 미리 실수를 인지한다면 악의를 막을 수 있지요. 조금 비약을 추가하자면, '악의가 존재해 계획하지 못한 실수를 저지른다'라는 명제의 대우가 뭘까요? '계획한 실수에는 악의가 없다'는 것입니다. 제잇스쿨은 그것을 의도해 온 것이지요, 지금까지 계속."

그리고 한동안 침묵만이 교장실을 맴돌았다. 누구도 입을 열지 않았다. 밖에서 까마귀가 우는 소리가 들렸다. 민석이 한숨을 쉬었다. 그리고 거의 동시에, 서은이 자리에서 일어서더니 물었다.

"용의자 셋의 칩 로그 같은 걸 관리하나요?"

그러자 교장은 대답했다.

"보실 게 없습니다. 그 어떤 칩도 그 애들을 억제할 만큼의 유의미한 행동을 감지해 내지 못했으니까요."

*

"그냥 그 세 제잇한테 물어볼까요, 누가 범인 같냐고?"

민석의 말에 서은이 무슨 헛소리야, 라고 면박을 주었으나 민석은 주장을 멈추지 않았다.

"아니, 제잇끼리는 서로의 실수를 잘 파악하지 않을까 해서요. 척력이 작용한다잖아요, 그러니 자기들끼리 물어뜯지 않을까요? 우리가 그 꼴을 보다 보면 뭔가 실마리를 잡을 수도 있고, 아니면 똑똑하다는 그것들이 먼저 문제를 풀어줄 수도 있고."

"무식한 건 좋은데 무식한 티를 인조인간 앞에서 내진 말자. 일단 동기부터 생각해."

"죽은 피해자는 분명 이상해요. 이건 내가 생물학적 남자니까 확실히 이야기해 줄 수 있어요. 그 피해자가 초록한테 집착한 게 소름 돋는다고요."

"그거야 나도 알아. 못 알아채는 게 더 이상하지. 특히 입양을 막았다는 것도…… 물론 입양신청자도 영 투명해 보이지는 않지만. 너무 전형적인 소아성애자처럼 보여서 오히려 우스웠지."

"그런데도 입양될 뻔했잖아요. 그러면 얼마나 많은 제잇이 지금껏 그런 사람들의 집에 타의로 가야 했을까요? 교장 이하의 몇몇만 묵인하면 충분히 가능한 일이잖아요. 조금 더 상상력을 발휘해도 될까요? 제잇들이 마침내 그런 현실에 반기를 들고 일어선 거라고요. 그러면 지겸도 공범이 될 수 있겠죠."

"제잇들은 인간을 해할 수 없어. 너도 인력 얘길 들었잖아."

"다른 인간과의 인력이 더 강하다면요? 그 인간이 효준을 죽이라고 시켰다면?"

"그렇다면 왜 교장 대신 피해자를 죽였지? 사실 무언가를 발언하기 위해 사고를 치려면, 최대한 크게 저지르는 게 낫잖아. 심지어 교장용 화장실에서 누군가를 죽일 수 있다면 차라리 교장을 죽이는 게 낫지. 교장은 고립되어 있어. 너도 봤겠지만, 교장실은 누군가를 죽이기 가장 좋은 공간이야. 보안시스템은 제대로 설치되어 있지 않고, 드나드는 사람도 전혀 없고, 반경 500미터 내에 교장 말고는 아무도 없어…… 제잇스쿨의 시스템에 불만을 품은 제잇이라면 교장실에서 교장의 목을 치는 게 가장 편하지. 그러면 적어도 사흘 동안은 발견되지 않았을 거야. 그런데 그러지 않았어. 그러니 이건 시스템에 대한 시위라기보다는 피해자에 대한 개인 원한일 가능성이 높다…… 만약 인간이 중간에 끼어 있다면 특히 더욱 그렇다, 그게 내 생각이야."

“그런데 제잇은 인간에게 인력을 가지잖아요. 그 인력을 거스르는 폭력성을 보이게끔 제잇의 논리를 만들 수가 있는 건가요? 프로그래머야 뭐 그렇게 할 수 있다 치지만, 그 메커니즘을 모르는 대다수 일반인에게는 불가능한 얘기 아니에요?”

“너 정말 멍청하네. 조금 전에는, 다른 인간이 효준을 죽이라고 시킬 수 있다고 얘기했으면서. 너는 죄도 못 지을 놈이야, 방금 한 말도 까먹고 있으니, 원.”

서은은 민석을 살짝 흘겨보더니, 한숨을 내쉬며 물었다.

“실수라면 어떨까. 폭력적인 실수를 보인 용의자가 있었지?”

“……에이, 설마 짱돌 든 일곱 살짜리요? 하지만 말도 안 돼요, 걔는 정말 아니에요. 키도 주먹도 또래보다 훨씬 작다고요. 그 쪼꼬미가 뭘 던져봤자 두피에 땜빵 정도밖에 안 나요. 물리적으로 불가능해요.”

“그 애가 발견되었을 때 무얼 하고 있었다고 했지?”

“이미 누운 피해자의 머리를 돌로 찍고 있었죠. 하지만, 선배…… 그 몸으로는 불가능해요. 머리에 심은 칩 외에 제잇의 다른 신체 부위에는 그 어떤 조작도 하지 않는다는 건 국가적으로 공인된 사실이고요. 그 가느다란 일곱 살짜리 팔뚝에서 대단한 괴력이 나온다는 가정 따위, 해 봤자 비웃음이나 사요.”

“그게 연막이었다면? 이미 누군가 죽인 사람의 몸에 그런 쇼를 보일 수도 있었을 거 아니야. 게다가 그 사람이 죽은 후라면 충분히 돌팔매질하고도 남아. 제잇은, 죽은 사람은 사람으로 인식하지 않을 테니까.”

"어떻게 그게 가능하죠? 죽었는지 아닌지 제잇이 어떻게 바로 판단을 하나요. 사후경직이 일어난 것도 아니고, 심지어 그 애는 겨우 일곱 살이에요."

민석의 말에, 서은은 종이 몇 장을 꺼내 보였다.

"너는 아직 이래서 안 되는 거야."

"이게 뭔데요?"

"우리도 그러잖아, 은폐해야 할 것은 절대 디지털 데이터로 남기지 않지. 경찰이 그럴진대, 학교라고 다를까? 교장실에 있더라. 아주 대놓고 보라는 듯, 책상 위에 널려 있던데, 서류가."

"우릴 그렇게 멍청하다고 생각했단 말이에요, 그 교장이?"

서은이 입꼬리를 올렸다.

"사실이긴 하잖아, 내추럴 뇌를 가진 인간들, 독해력이고 읽는 속도고, 글쓰기 실력이고 전부 형편없는 건."

경찰직에 종사하는 인간은 그 어떤 신체 부위도 인공으로 바꿀 수 없었다. 심지어 팔 한쪽도 불가능했다. 매사 기계에 기대어 사는 인간들 주제에 아직도 기계에서 도덕성을 심판받기는 싫은 탓일 수도 있었고, 경찰직에는 문신을 허용하지 않았던 몇백 년 전의 기괴한 한국적 보수성이 계속되는 것일 수도 있었다. 좌우지간 이 채용 원칙은 문제시되지 않았는데, 이유는 간단했다. 경찰은 대단한 기피 직종이었으니까. 누가 경찰이 되든, 채용 과정에 무슨 문제가 있든, 인간들은 관심을 가지지 않았다. 그리고 교장이란 그 위인은 분명 그 인간 경찰들이 종이 위에 인쇄된 활자엔 눈길조차 주지 않을 거라고, 아니 못하리라고—본디 인간이라면 자신이 쉬이 이해하지 못하는 것은 더러운 것 보듯 피하기 마련이니까—여겼을지 몰랐다. 그러니 꼬투리를 잡힐 만한 기록을 아무렇게나 두었지.

서류의 내용은 복잡하지 않았다. 16세의 제잇을 입양한 120세의 독거노인이 일주일 후, 옆방의 제잇이 자고 있을 때 세상을 떠났다. 그전에 미리 변호사에게 맡긴 유서의 내용으로 미루어 보건대, 혼자 살던 자신의 장례를 번듯하게 치르길 바라는, 오직 그 이유만으로 제잇을 입양했음은 쉬이 짐작할 수 있었다. 그러나 사체를 발견한 제잇은 양부가 원하던 대로 번듯한 장례를 치러주지 않았다. 신고도 하지 않았다. 그렇게 썩어가는 사체 옆에서 한 달을 보내다가, 이후 친정이라 할 만한 제잇스쿨에 연락해서는 '문의'했다.

양부가 나를 유기하고 사라졌으며, 혐오스러운 무생물이 있는데 냄새가 나지만 양부의 소유물일지 알 수 없어 청소하지 않았다고.

진상을 파악하기 위해 파견된 제잇스쿨의 교직원들은 제잇이 청소하지 않은 것이 죽은 독거노인이며, '양부가 나를 유기했다'라는 제잇의 증언 역시 거짓일 수 없음을 파악했다. 애당초 산 양부의 존재가 제로였으므로 주장은 참이었던 셈이다.

그리고 이 사건 역시 보도되지 않았다. 제잇 입양시스템이 시작된 후 30년 동안, 양부모가 죽은 적은 한 번도 없었던 모양이었다. 시신을 무생물로 여긴다는 사실이 알려진 적이 없으니.

겨우 장례 때문에, 고독사하기 싫어서 제잇을 입양하는 이들이 있다는 사실에 민석은 단단히 질린 표정을 했다. 그러나 서은은 그들의 마음을 이해할 수 있다고 말했다. 죽고 나면 끝이지 장례가 어떻든, 몸이 썩든 말든 무슨 상관이에요? 민석의 물음에 서은은 고개를 절레절레 흔들었다.

"가끔 보면 너 정말 로봇 같을 때가 있어."

"저는 로봇일 수 없죠. 이렇게 무식한 로봇이 어디 있어요?"

"그렇긴 그렇지."

어쨌거나, 이 문건에 따르면 어린 모카는 효준을 무생물로 볼 수 있던 셈이었다. 만약 효준이 이미 죽은 상태라면. 그리고 무생물에 대한 물리적 파손이 7세 그룹에서는 용인되므로 돌을 들고 후두부를 가격하는 것 역시 가능한 일이었다. 이 서류에 따르면 제잇은 양부의 숨이 끊긴 후 그를 양부 혹은 양부였던 것으로 인식하지 못했다. 다시 말해, 효준의 몸이 죽은 순간부터 그 몸에 대해 모카가 가지고 있던 애착 따위는 모두 없던 일이 되었을 거란 얘기였다. 모카는 '효준'이라는 개념을 계속 사랑하더라도 그 몸에는 해를 입힐 수 있었다. 죽었으니까. 무생물이니까.

"모카의 돌팔매질이 직접적인 사인으로 인식되도록 판을 짠 사람이 있을 거야. 제잇이 시신을 곧바로 무생물로 인식한다는 사실은 세간에 알려지지 않은 것이니까, 그 사람은 우리도 모카가 돌을 던지기 이전에 효준이 죽었단 것을 알아내지 못하리라 여겼겠지. 그 어린애를 범인으로 만들고 자신은 싹 빠져나가려한 거야. 누굴까?"

"그 방향으로 추론한다면 다시, 모든 제잇이 의심되죠. 척력이 작용하잖아요. 모카가 아무리 어리다 하더라도 그 척력을 거스를 수는 없겠죠. 모카를 제물로 바치고 자기는 살아남으려 한 거예요."

"하지만 제잇은 인력 때문에 사람을 죽일 수는 없고."

"그렇다면……."

민석은 눈을 둥그렇게 뜨고서는 말을 이었다.

"제잇이 아닌 인간이 범인이라고 생각하겠다고요? 그건 불가능해요, 선배, 알잖아요, 일단 입양신청자들 모두는 본관에 있었어요. 누구도 교장용 화장실까지 올라간 사람은 없다고요. 그리고, 나머지 선생들은…… 그건 절대……."

"알지. 나머지 선생들은, 절대."

절대 인간이 아니라는 것을. 모두가 제잇이라는 사실을. 그러니 스쿨의 구성원 중 살아있는 효준을 해하겠다는 마음을 먹을 수 있는 개체는 교장뿐이었다는 것을.

그런데 왜?

"이유를 이제부터 알아봐야지. 나는 교장과 효준 사이가 아주 궁금해졌어. 피해자가 교장에게 열등감을 가지고 있었을 수도 있지, 아니면 교장이 효준의 세력을 누르려 했을 수도 있고. 좌우지간 정상적인 우정을 나눈 사이로는 전혀 보이지 않잖아?"

수도승의 거처

효준의 과거에 대해서는 교장도 잘 알지 못한다고 했다. 교장의 부름을 받고 제잇스쿨에 취직한 후 그는 사회에서의 모든 연을 처분하고 제잇스쿨의 단칸 기숙사에 둥지를 틀었다. 그의 방은 거의 수도승의 것과도 같았다. 수사를 위해 뒤집어엎을 것 자체가 없어서 둘은 맥이 빠질 지경이었다. 사람과는 교류가 없고 제잇만 사랑하는, 또 제잇에게만 사랑받는 사람. 그게 생전의 효준인 것 같았다. 그게 사실이라는 가정 아래 민석은 불쌍하고 지질하다고 혹평했다. 반면 서은은 간편해서 부럽다고 생각했다.

매일 소득도 없이 교내를 걸어 다니는 두 사람에게 제잇들도 이제 익숙해진 모양이었다. 모카는 그들의 앞에서 꼬리를 만 개처럼 겁을 먹었고, 초록은 안 보는 척하지만, 신경을 쓰는 게 티가 났다. 그리고 지겸은 서은과 민석이 알 리 없는—그러니까, 알리바이가 너무나 확실해서 신문할 필요가 없었던—제잇들을 데려와 소개했다. 놀랍도록 잘 생기고 예의 바른 제잇들이, 평일의 외부인—그러니까 입양신청자가 아닌, 특수한 목적을 가지고 온 사람—앞에서 최고의 매너를 보여주었다. 서은은 속으로, 저 정도의 자식이라면 자기 아들과 함께 크도록 입양할 수도 있겠다고 생각했다. 그러고는 화들짝 놀라며 그 마음을 누구에게도 들켜서는 안 된다고 자신을 꾸짖었다. 그러면서도 아이들이 민석보다는 자신을 훨씬 좋아하는 걸 은근히 기뻐했다.

교장은 제잇스쿨에 상주하는 적이 거의 없었다. 대학 강의, 정부 기술 자문, 이런저런 기업 미팅과, 기타 등등. 그는 하루가 48시간이어도 모자란 사람인 것처럼 보였다. 관찰하면 할수록, 효준이 교장에게는 전혀 중요하지 않은 인물이었을 게 분명했다. 어쩌면 제잇스쿨이 교장의 인생에는 딱히 대단한 요소가 아닐지 모른다고 민석은 논평했다. 사실상 제잇스쿨은 몇백 년 전의 보육원과 비슷해 보이므로 기업가의 사회 환원, 혹은 모종의 탈세 용도로 세워진 게 아닐까? 민석의 말에 서은은 고개를 끄덕였다. 그러니 이 공간의 유일한 인간인 교장에게는, 범죄를 저지를 하등의 이유가 없었다.

그러나 그렇다면, 대체 누가?

"자, 데드라인이 코앞이야. 대충 덮을 낙엽을 찾아야지. 낙엽은 모카의 자갈이야. 어차피 7세 아이 하나 보내는 게 나아. 실수일 뿐이고. 그 애 인생이 어그러지지도 않을 거야, 이 정도로는."

"피해자가 성인 남성인데요? 후두부를 박살 낸 도구가 일곱 살짜리가 던진 자갈이라고 보고한다면 모두가 우릴 비웃을 거예요! 그 애의 팔다리를 봐요, 돌팔매는커녕 물수제비도 못 뜨게 생겼다고요."

"그러면 누구라고 할 건데?"

"……제 머리가 이렇게까지 등신인 줄은 몰랐어요."

"뭐, 내추럴 본 두뇌가 뭐 얼마나 괜찮겠어? 전혀 아니지. 제잇 중에서 범인이 있다면 우릴 엄청나게 비웃을 거야. 우리가 교내를 워낙 빨빨거리고 돌아다녔어야 말이지……."

"그러면, 어떻게 결론을 내시려고요? 우리는 아는 게 하나도 없는데."

서은은 눈가를 한참 찌푸리더니 민석을 불렀다.

"민석."

"네?"

"너는 왜 경찰이 되었어? 더 좋은 일도 많았을 텐데."

"아니, 멍청하다고 맨날 욕할 땐 언제고 좋은 직장 갈 수 있다고 희망고문 하는 거예요? 됐어요, 이미 늦었으니까."

"정말로 궁금해서 그래. 왜 경찰이 됐어?"

서은을 보던 민석이 웃더니 대답했다.

"물론 돈 벌기 위해서죠."

"그게 다야?"

"에이, 말실수죠. 제가 아예 윤리관 없이 그저 돈 벌려고 여기 온 인간은 아녀요. 좋은 사회를 만들고자 하는 일차 목표가 있으니까 온 거죠. 사람 사는 사회를 사람 살 수 있는 사회로 만들고 싶어서. 옛날에 학교 선생님이 저한테 뭐라고 했냐 하면, 너는 얼렁뚱땅 실수도 잦고 멍청하지만 그래도 한 가지 확실한 믿음을 준다고 했어요. 악의가 없다는 거. 사람이란 개념 자체를 정말 좋아하고 남의 고통을 진심으로 힘들어한다는 거. 그 사람이 누구든 간에."

"맞아. 그리고 그것보다 더한 게 하나 있었지. 보통 사람들은 남의 고통을 고통스러워하는 것보다 행복을 기뻐하는 걸 더 어려워해. 그런데 너는 정말 언제나, 모든 사람의 너무나 훌륭한 지지자야. 다른 사람들이 비웃을 정도로. 그게 너의 '인간성'이고, 나는 그게 만 명 중 하나 나올까 말까 한 너의 재능이라고 생각해 왔어."

"갑자기 왜 이렇게 칭찬하세요, 간지럽게…… 가끔 그런 생각도 해요. 모두의 행복을 바라는 사람이라면 냉철해야 할 경찰로는 어울리지 않는 것 아닌가, 하고."

"경찰이 무슨 일을 해야 하는지에 대한 가치관에 따라 모두 다른 생각을 가지겠지. 근데 나는, 칼 같은 재판관이 아니라, 절대다수인 타인을 기쁘게 만들어 줄 수 있는 인간애로 똘똘 뭉친 사람이 경찰에 꼭 필요하다고 생각해."

"으음."

"그리고 너를 동료로 삼은 걸 후회한 적 없었어, 단 한 번도."

"저 역시 항상 감사하고 있어요."

"그런데 왜……."

서은은 주먹을 말아쥐었다.

"왜 이번 수사에서는 하나도 그런 느낌을 받을 수 없는지, 이유를 설명해 줄 수 있어?"

제잇은 연이어 실수한다

제잇을 도입하기 전, 시범 운영을 하던 시절.

자원했던 시범 양부모 다수의 테스트 이탈 이유는 인간성의 결여였다. 아무리 참아보려 해도 일종의 스산함을 참아낼 수 없다고 그들은 말했다. 아이들이 너무 완벽하다고, 그래서 아이들이 보이는 사랑도 진짜 사랑이 아니라 계산된 프로그램으로 느껴진다고. 뇌 전체를 칩으로 교환한 게 아니라 그저 일부 신호를 억제하거나 북돋기 위해 칩이 일종의 필터로서 작동하는 것뿐이며 본질은 변하지 않았다고 아무리 이야기해도 시범 양부모들은 그 메커니즘을 이해하려 들지 않았다. 그래서 이번엔 칩을 빼고 보냈더니, 더 난리가 났다. 사람의 몸에서 나오지 않은 사람 아이들은 놀랍게도 결함 가득해 폐기해야 할 로봇, 혹은 열등한 개체 취급을 받았다. 누군가는 피드백에 적었다. 이렇게 사고만 치는 인조인간을 키울 바에는 그냥 안드로이드를 물고 빨겠어요, 하고. 제잇은 인조인간이 아니라는 것조차 이해하지 못하는 사고력을 가진 인간이었다. 그럼에도 그런 사람들이 한둘이 아니었다.

천문학적인 돈을 들인 국가사업이었다. 물론 수많은 국가사업에서 돈을 떼먹는 사기꾼들이 존재해 왔으나 이 사업에 발을 들인 이들에게는 그 정도의 권력이 없었고, 양심 수준은 불필요하게도 높은 편이라고 스스로들 자부하고 있었다. 모두가 머리를 싸매고 골몰했다. 이렇게 끝낼 수는 없는 일이었다.

실수를 가르칠 수도 있지 않을까, 라는 제언이 누군가의 입에서 나왔다. 벼랑 끝에 몰린 이들은 시도해 볼 필요가 있다고 만장일치로 동의했다. 그런데 그 실수의 리스트를 누가, 어떻게 짜는가? 불행히도 그 자리의 모든 전문가는 정작 인간 아이를 양육하는 과정으로부터는 아주 멀리 떨어져, 전혀 경험 없는 이들이었다. 아이가 없거나, 혹은 아내나 상주 보모에게 맡기고 일에 매달리거나.

그때 누군가 작은 목소리로, 자신 없이 물었다. 제잇이 직접 판단하게 하면 안 되나요?

무슨 소리냐고 되묻자, 그는 움츠린 고개를 아주 조금 펴더니 말을 이었다.

"테스트 대상이었던 제잇들을요, 실험진이 하나씩 입양해 보는 겁니다. 우리는 감정을 배제하고 판단할 수 있는 전문가니까요, 칩 없는 제잇의 행동들을 관찰한 다음 불쾌하지 않았던, 오히려 호감을 줬던 잘못들만을 추리는 거죠. 그리고 그걸, 한두 번은 해야만 하는 동작으로 학습시키는 겁니다. 칩을 꽂은 채로."

몇몇이 이의를 제기하려 들었으나 그 이의의 기저에 제잇에 대한 개인적 혐오와 입양 거부가 깔려있음이 의심된다고 다수가 지적했고, 결국 그 젊은 연구원의 의견은 통과되었다. 아직 공개되지 않은 극비 프로젝트였으므로 모든 입양은 은밀히 이루어졌으며 모두는 이 일을 발설하지 않는다는 각서에 사인했다.

그렇게, 이미 한 번 버려졌던 제잇들이 새로운 집, 연구원들의 가정에 발을 디뎠다. 그리고 그 제잇들에게는 강도 높은 교육이 선행되었다. 이전 너희가 버려졌던 일은 대단히 부끄러운 치부이며, 그 사실이 누구에게라도 알려진다면 너희의 미래는 파멸하고야 마는데 그것이 그 누구의 잘못도 아닌 바로 너희의 문제다, 라는 세뇌였다. 제잇들은 울며 자책했다. 그리고 정말 최선을 다해서, 잊었다.

잊어버렸다. 그것이 그들이 이끌리는 인간들을 위하는 길이었기 때문에. 그 실수가 가장 권장되었기 때문에. 그리고 과거를 의식적으로 망각한 그 제잇들이 수집한 실수를 모으고 규범화하여 새로운 교육과정이 만들어졌다.

문제는, 실수를 교육하는 과정을 만든다는 목표를 이룬 이후 남겨진 제잇들. 연구원들은 애당초 아이를 입양할 생각이 없었던 이들이었다. 일부는 결국 정에 못 이겨 정식으로 입양 절차를 밟았으나 그렇지 않은 이들도 많았다. 이제 의도를 이루었으므로 이 아이들을 나라에서 회수해야 하는 것 아니냐고 그들은 주장했고 그 매정함에 갑론을박이 일었으나 연구소 외부의 사람들이 알 도리 없는 논란이었다.

빠르게 정리되었다는 이야기다.

두 번 파양된 제잇을 국가는 부모 없는 인간 아이들이 머무는 보육원으로 보냈고, 칩도 제거하지 않았다. 그 칩이 있는 한 버려진 제잇들이 사고를 칠 일은 없으니까, 일종의 든든한 안전장치라는 논리였다. 연구소에서는, 초반에는 버려진 제잇들을 추적하는 시늉을 했다. 그러나 몇몇 제잇들이 또래 인간들에게 린치당하기 시작하자 슬그머니 뒷걸음질하기 시작했고, 비슷한 시기에 두엇이 타의로 목숨을 잃게 되자 마치 아무 관련도 없다는 것처럼 관심을 끊어버렸다. 아무런 보호 없이. 어찌 보면 그냥 모두가 그런 식으로 죽어버리길 바라는 것도 같았다. 어차피 살아남아 고집스레 늙어봤자 칩의 인력 탓에 인간에게 해코지는 못 할 터이니 위험하지도 않고. 그러고 연구진은, 발각된다면 인권 단체에 얻어맞을 게 분명한 기록을 모두 말소했다.

그리고 잊힌, 그러나 트라우마에도 불구하고 살아남은 강한 제잇들은 사람들의 사회에 편입되어, 믿을 만 한 사람, 바보같이 착한 사람, '인간적인' 사람, '고아라는 역경을 이겨낸' 사람이 되었다. 아무리 이용당해도 괜찮았고, 아무리 모욕을 당해도 웃었다. 대부분은 그랬다. 그럴 수밖에 없었다. 칩의 인력 때문에.

문제는 그렇게 버려진 제잇 중 하나가 인간 행세를 하며 제잇스쿨에 취직한 것을 또 다른 제잇이 우연히 알게 된 일에서 촉발되었다. 알게 된 어린 제잇과 발각된 연상의 제잇 사이의 나이 차이는 아홉 살. 어린 제잇은 자신이 한때 형이라 부르고 따랐던 제잇을 추적했다. 추적하면서 내내, 병적인 증오에 시달렸다. 그런 추한 모습을 인간에게는 전혀 들키지 않는 게 가능했다. 인간에 대한 강한 인력 덕에 언제나 싱글벙글 웃고만 있었으니.

내가 저 사람을 죽이고 싶도록 미워하는 것은 내 인간성의 문제가 아니라, 그저 칩의 척력 때문.

어린 제잇, 민석은 믿어마지않아 왔고 그래서 한때 형이었던 제잇인 효준이 인간인 척 구는 모습에 느끼는 자신의 혐오감도 정당하다고 생각했다. 자신 역시 누구에게도 제잇이었던 과거를 말한 적이 없지만, 둘 다 인간들을 속이고 신뢰를 얻으며 살고 있지만, 두 사람이 동일한 거짓을 말하고 있다고 민석은 절대 여기지 않았다. 왜냐고? 자신은 인간을 위한 일을 하고 있고, 반면 효준은 실수란 것을 통해 인간을 기만하는 법을 연구하니까.

사실을 말하자면, 민석을 가장 힘들게 만들었던 것은 따로 있었다. 효준이 처음 제잇스쿨에 교사로 취직했다는 것을 알았을 때만 하더라도 민석이 그를 이렇게까지 증오한 것은 아니었다. 오히려 어린 제잇들이 그를 밀어내고 미워하는 모습을, 척력의 근사한 작용을 기대했다. 그러나 효준은 놀랍게도, 사랑받았다. 제잇에게조차. 말도 안 되는 일이었다. 칩이 오류를 일으켰다는 말인가? 아니면 인간인 척하는 거짓 연극이 칩의 설계를 이겨낸단 말인가? 그 정도로 나라에서 공인하는 기술이 형편없단 말인가? ……나를 만들고 고통받게 했던 이들이 그렇게 허술했단 말인가?

인간의 슬픔과 분노를 파악하고 보듬는 것은 제잇이 가장 높은 성적을 받을 수 있는 덕목이었다. 왜 그것이 중요한지에 대해 민석은 한 번도 궁금해한 적이 없었다. 그러나 비로소, 자신이 직접 슬픔과 분노를 느끼고 나서야, 이해할 수 있게 되었다. 그건 칩의 자력보다도 훨씬 강력한 힘이었다. 칩을 통한 감정은 즉각적이지 않았다. 아주 짧은 휴지기, 아마도 일종의 프로세스를 위한 멈춤이 있었다. 그 시간 차가 감정과 자아의 괴리를 만들었다. 칩을 통한 감정은 마치 마리오네트가 된 자신을 움직이는 실과 같이 느껴졌다. 그러나 슬픔과 분노는 다른 층위에 있었다…… 이를테면, 그의 부위를 이루는 모든 무의미한 토막들을 연결해 주는 나사나 접착제의 느낌. 그것은 그를 움직이는 힘이라기보다는, 그를 '구성'하고 '지탱'하는 것이었다. 그 둘은 전혀 다르다. 나를 제 의지대로 움직이느냐, 아니면 나의 몸을 지탱해 주느냐. 전자는 불쾌하고 후자는 벅찬 것이었다. 민석은 후자에 몸을 맡겼다.

게다가 효준은 괘씸하게도 민석이 수집했던 실수를 모든 연령대의 제잇이 가장 우선해야 하는 제1의 강령으로 두었다. 그것은 모든 연령대의 제잇에게 제일 먼저 권장되었다. 민석의 공은 거기에 전혀 언급되지 않았다. 어쩌면 그게 가장 큰 문제였을지도 모른다.

제1의 강령은, '인간을 사랑하는 만큼 제잇을 사랑하는 척할 것', 이었다.

인간들은 아이가 자신만을 사랑하기를 바랐다. 그래서 제잇끼리 서로를 미워하도록 프로그래밍했다. 그러나 그런 모습을 실제로 보는 것은 절대 원치 않았다. 그런 모습을 보면, 인간의 보편적 인간성의 저급함을 하필이면 하류 인간인 제잇들이 꾸짖으며 일깨우는 꼴이 되어버릴 테니까. 하여 제잇은 내면과 외면을 서로 다르게 보여주도록 꾸며졌다. 민석의 아이디어대로.

민석이 그 아이디어를 어떻게 냈던가.

민석을 처음 입양한 부모들은 온갖 종류의 모임을 좋아하는 이들이었다. 제잇의 입양을 전시하고, 제잇을 입양한 다른 사람들과 소통하고 싶어 했다. 그들에게는 민석 나이대의 아들이 있었는데, 그 아들이 민석을 때리고 욕해도 아들을 버리지 않았다. 이건 질투다, 동생이 생긴 것에 대한 일시적인 저항이다. 그들은 그렇게 말했으나, 제잇끼리 모였을 때 민석이 척력으로 인해 또래 제잇에게 삐딱하게 구는 것을 보고서는 곧바로 파양했다. 민석은 때리지도, 욕을 하지도 않았는데. 그들의 '진짜' 아들과는 비교도 안 될 만큼 사소한 미움의 행동일 뿐이었는데. 그다음으로 민석을 입양한 연구원에게는 민석보다 훨씬 나이가 많은 아들이 있었다. 그는 아버지를 닮아 머리가 비상했고, 아버지에게서 제잇 설계에 대한 이런저런 귀띔을 들은 바 있었다. 그는 민석을 가만히 응시하다가 묻곤 했다. 어떤 인간이 제잇을 개 패듯 패고 있으면 어떻게 할 거야? 그 인간이 모르는 사람이라면? 그 인간이 나라면? 아빠라면? 그러고는 민석의 답변을 듣더니 고개를 저었다.

"그게 아니야."

"네?"

"인간은 있지, 열등한 종끼리 서로 좋아하고 뭉치는 걸 좋아해. 그런 모습에서 '인간적 감동'을 얻거든. 다만 그 결속이 자신의 안위를 해친다면, 그때부터는 학살자가 되지. 기억해, 인간들은 언제나 자신의 인간성을 자신에게 확인받으며 안심하고 싶어 해, 자신과는 아무런 상관이 없는 장면들을 통해서, 마치 영화를 보듯 말이지. 너희의 프로그래밍에는, 의도인지 아닌지는 모르겠으나, 그런 요소에 대한 고려가 빠져 있어. 동족을 미워하는 개체를 인간이 어떻게 사랑해 줄 수 있겠어? 개에 대해서도 그렇게는 못 하는데, 하물며 사람이랑 비슷하게 생기고 말도 통하는 종에게, 어떻게?"

"그 말은, 제가 제잇을……."

"네가 제잇에게 친절하고 착한 아이인 것을 보여주면서도, 동시에 엄마 아빠가 그보다 더 사랑받음을 알려줘야지."

두 번째 테스트 기간이 끝나고 파양 당하던 날 그 아들은 민석을 향해 빙그레 미소 지으며 손을 흔들다, 천천히 가운뎃손가락을 들었다.

그렇게 낸 아이디어를 뺏겼다, 단순히 뺏긴 것이 아니라, 그로 인해 정효준이 제잇에게 사랑받도록 만들고 말았다. 사랑을 주기 위해 제잇을 만든 척했던 인간들이 사실은 무조건적인 사랑을 받기 위해 제잇을 만들었다는 점을 제잇들은 모두 알았으나 그것이 자기들의 숙명임도 수용했다. 미움과 사랑의 총량은 같아서, 제잇을 미워하는 것으로 받지 못한 사랑을 참아낼 수 있었다. 그러나 자신이 음울한 소년기를 바쳐 고안한 아이디어로 총량 초과의 과분한 사랑을 받는 효준의 존재를 민석은 견뎌낼 수 없었다. 그는 자신의 모든 걸 빼앗았다. 인간들을 싫어할 수 없으므로 그간의 모든 감정이, 오롯이 효준에게로 응집되었다.

제잇스쿨에서 13세 소녀그룹의 제잇만을 몇 번이고 입양한 언론사 사주가 있다는 익명의 제보를 대부분의 경찰은 신경도 쓰지 않았다. 인간 지키기도 바빠 죽겠는데, 제잇을 뭣 하러. 그러니 사주를 찾아내어 협박을 섞은 담합을 하는 것은 민석에게는 어렵지 않았다. 키다리 아저씨라는 사람, 그는 사건이 있던 토요일 민석을 비서 자격으로 달고 들어갔고, 민석은 자리를 이탈해 아무도 없는 기숙사 근처를 서성였다. 효준의 방을 모르고, 위치를 안다 해도 들어갈 방도가 없었기에 그저 언제 저지를지 알 수 없는 복수를 위한 탐색에 가까운, 충동적이라 해도 무방할 짓이었다.

그러나 치마에 피를 묻힌 여자아이가 기숙사의 문을 열고는 뛰어 들어가 복도를 가로지르더니 어떠한 방의 문을 두드렸을 때, 용인되지 않은 배설에의 실수를 저질렀으니 어서 낙제점을 달라고 소리를 질렀을 때, 민석은 그 방이 누구의 것인지를 알았다.

그 여자아이의 뒤에 붙어 들어가는 것은 하나도 어렵지 않았다.

효준의 머리를 깨뜨린 후 피웅덩이 속에서 칩을 꺼내어 보여주는 것 역시 금방 할 수 있었다. 이에 더해, 만약 자기 말을 듣고 따른다면 그 사주에게는 입양을 가지 않게 만들어 줄 거라 확언하는 것 또한.

초록은 동요 없는 표정으로 사체를 내려다보더니 물었다. 제잇이 인간인 척을 할 수 있었군요. 그러면, 아저씨가 제잇인지 인간인지는 어떻게 알지요?

"나는 경찰이야." 민석은 말하며 덧붙였다. "신체의 그 어떤 곳이라도 인공물로 바꿔 넣은 기록이 있는 사람은 경찰이 될 수 없어." 거짓이 아니었다. 민석에 대한 기록은 말소되었으므로.

국가가 주도한 산업이나 기술이 얼마나 허술한지 가장 잘 아는 것은 실험용 동물이고, 그 사실을 모르는 것은 그게 되지 않아 본 인간들뿐이다.

중요치 않다, 모든 것이

시신을 교장실 옆의 화장실로 옮기자고 제안한 것은 초록이었다. 교장은 거의 출근하지 않고 일반 교사도 제잇도 교장용 화장실에 들어가는 것은 금기시되어 있으므로 가장 늦게 발견될 거라고. 효준이 그토록 열심히 읽게 했던 그 소설들이 상상력을 자극한 것일까, 초록은 퍽 적극적이었다. 그리고 초록은 기숙사에 와서 쓰레기를 수거하는 인부들이 손수레를 숨겨둔 곳도 알고 있었다. 이런 걸 어떻게 아느냐고 민석이 놀라며 묻자 초록은 간단히 대답했다.

"그 아저씨들한테도, 읽은 걸 써먹어 봤거든요."

민석은 홀로 살아남기 위해 많은 일을 해보았고, 곱게 자란 상류층 인간들과 달리 손수레 운전 정도야 간단했다. 모든 제잇과 교사, 그리고 입양신청자들이 본관에 모여 있었기에 발각당할 가능성은 적었다. 게다가 그 흔한 CCTV도 제잇스쿨에는 없었는데 이유는, 쇼핑하듯 아이를 고르는 자신들의 모습이 촬영되길 입양신청자들이 원치 않았기 때문이었다.

그리고 두 사람은 교장용 화장실에 사체를 둔 후 돌아 나오다, 교장실 앞에 쭈그리고 앉은 지겸을 발견했다.

"잰 누구니?"

"효준 쌤이 특별히 아주 싫어하는 제잇이요."

아무 감정 없는 말투로 대답한 초록의 말을 듣고 민석은 그를 반드시 용의자 명단에 넣어야겠다고 생각했다.

두 사람은 나와서는 누가 먼저랄 것도 없이 기숙사 쪽으로 향했다. 효준의 방을 더 청소해야 했다. 두어 발짝쯤 떨어져서는 입을 꾹 다문 채 걷고 있는데, 어느 구석에서 남자애 하나가 불쑥, 튀어나와 두 사람 사이를 가로막았다. 아이는 울고 있었고, 무작정 초록에게 매달려서는 말했다.

"잘못했어, 누나. 내가 잘못했어."

그러자 초록은 그 아이의 이마를 눌러 자기 몸에서 떼어내고서는, 봉긋한 뒤통수를 지그시 응시하며 물었다. 설마 잘못된 실수를 했니?

"응, 중간에 나가버렸어…… 나를 입양하겠다고 했었는데 …… 근데 난 배운 대로 했는데……."

"저런, 월요일 되면 효준 쌤에게 당장 가서 여쭤봐야겠다, 그렇지?"

"월요일…… 월요일은 너무 멀어……."

"맞다, 나 근데 조금 전에 효준 쌤을 봤다, 모카야? 지금 가면 더 빨리 말씀드릴 수도 있을 거 같은데."

교장용 화장실이라는 말에 모카의 얼굴이 굳었으나 초록은, 거기 교장이 없으니 괜찮다고 말했다. 그러고는 어딘가에서 주워 온 돌을 몇 번 쓰다듬으며 예쁘다, 참 예쁘다고 말하더니 모카의 손에 쥐어주었다.

"7세에 그런 실수가 있지? 손에 무언가를 든 채 넘어져도 된다는 것 말이야."

"응."

"나 방금 효준 쌤 앞에서 그걸 하고 왔어." 말하며 초록은 손을 펼쳐 흥건한 핏자국을 보여주었다. 모카가 입을 벌렸다. 그것이 무엇일지 모르는 게 당연했다. 본 적이 없으니.

"우와."

"그리고 칭찬받았어."

"누나는 쌤이 제일 좋아하는 제잇이잖아."

"너한테만 알려주는 비밀인 거야, 그렇게 넘어지는 실수를 효준 쌤은 아주 좋아해. 그리고…… 축축한 웅덩이에 첨벙 하는걸, 특히 좋아해."

"아아. 근데 누나가 그걸 왜 나한테 알려줘?"

"너에게만 알려주라고 효준 쌤이 그랬어."

아이의 눈이 휘둥그레졌다.

"그래서 내가 지금까지 너를 찾아다닌 거야, 저기 있는……." 초록이 민석 쪽을 흘깃 바라보았다. "저기 있는 입양신청자한테 물어봐, 사실이야."

사실을 확인받은 아이는 숨을 헐떡였다.

"대신 효준 쌤이 꼭 비밀 지키라고 하셨어." 민석을 떼어놓고서는 달리기 시작한 모카의 등 뒤에 대고 초록이 외쳤다. "너에게만 알려줬다는 사실이 들통나면 안 되니까……."

"괜찮아." 모카는 고개를 뒤로 돌려 소리쳤다. "아무 말도 안 할게! 인간이랑 비밀 얘기한 건 말하면 안 되니까!"

그리고 초록은 빙그레 웃음을 짓더니, 고개를 돌려 민석을 보고서는 표정을 지우고선 말했다.

"입양신청자들은 다들 제잇이 자신을 특별하게 여길 거라고 착각하죠, 몇 번 거듭해 볼수록 더 그렇게 생각하고요. 하지만 우리는 토요일 하루에 적게는 다섯 명에서, 많게는 열 명을 만나고, 제아무리 관심이 있다고 하더라도 그 사람들이 매주 우리를 보러 올 정도로 동정심을 품고 있진 않으니 사실상 신청자들은 하나의 인간 무리죠. 구름 같은 거예요. 하나하나 구별될 수 없어요, 그저 우리가 사랑해야 할 '집단'이죠. 제가 저 아이에게 아저씨를 입양신청자라고 말한 이유예요. 쟤는 아저씨를 기억하지 못할 거예요. 만약 제가 그렇게 말하지 않았다면 오히려 선명히 기억했을 수도 있지만, 아저씨가 저의 입양신청자라고 인식한 순간 저 애의 머릿속에서 아저씨는, 본관에 있는 수많은 사람 중 한 명이 되는 거예요…… 하나도 특별해지지 않는 것이죠. 입양신청자들은 대부분 그걸 잘 몰라요. 아는 사람도 있지만요, 아주 오래 이곳에 드나들었던 사람들……."

키다리 아저씨처럼, 말이지. 민석은 속으로 생각하며 물었다.

"나에게 그 말을 해주는 이유는, 안심시키기 위해서야?"

"아아, 아니요. 실수예요. 모든 제잇에게 권장되는 실수." 초록이 말하며 민석의 옷을 잡아당겼다. "그럼, 갈까요? 가면서 경찰 얘기 들어도 돼요? 저도 궁금하거든요, 제잇은 절대, 저어얼대 경찰은 할 수 없잖아요."

그러고는 빙긋 웃더니 덧붙였다. 그렇죠?

외로움의 숲에서

한 계절 전.

자신이 제잇이라는 사실, 그리고 칩의 인력과 척력에 대해 효준이 털어놓았을 때 초록은 어쩌라고, 하는 표정으로 효준을 물끄러미 바라보더니 중얼거렸다. 그래서 쌤을 볼 때마다 내가 인간을 사랑하지 않을 수도 있는 나쁜 아이고 그걸 절대 들키면 안 된다는 공포심이 생겼던 거군요, 왜 사랑하는 마음이 생기지 않을까 궁금했거든요, 그래야 한다고 나를 계속 다그쳤죠, 라고.

"그런데 사실 이해는 안 되거든요, 왜 굳이 인간인 척을 하죠? 제잇이어도 여기 취직할 수 있잖아요. 사랑받고 싶어서요? 하지만 쌤이 제잇이라면 인간에게 사랑을 퍼줄 수 있고, 그걸 되돌려 받을 수도 있을 텐데요. 게다가 제가 이걸 누구한테 말하기라도 하면 어쩌려고요? 제잇에게, 제잇과 나눈 비밀을 지킬 필요는 없어요."

그리고 효준은 대답했다.

"……집단으로 받아들여지고 싶지는 않으니까."

"무슨 말이에요?"

"테스트용 제잇이라는 범주에도, 무조건적인 사랑을 줘야 하는 인간이라는 범주에도 속하고 싶지 않으니까. 유일하고 싶으니까. 너는 그 마음을 이해하지 않아?"

"그러다 외로우니까, 비슷한 감정을 나눌 수 있는 사람으로 나를 만들었군요. 입맛대로?"

수사 후 어떤 결과가 날지 초록은 알 수 없었지만, 딱히 걱정되거나 궁금하지도 않았다. 저 수사관은 절대로 자신을 잡아넣지 못할 것이기 때문에. 피투성이였던 그가 초록의 샤워실에서 몸을 씻고, 초록이 멋대로 집어 온 효준의 옷으로 갈아입을 때 느꼈던 평온함을 천천히 떠올렸다. 알몸인 남자가 자신에게 척력을, 자신 역시 그에게 척력을 느낄 때의 안정감을.

처음 느끼는.

민석은 멍청했다. 효준이 자신처럼 정체성을 모두에게 철저히 숨기리라 확신했던 것은, 아마도 맘 붙일 사람을 찾지 못한 사람 특유의 사고일 것. 효준이 초록에게 읽힌 그 수많은 책 중 책이 아닌 것들이 섞여 있다는 걸 아는 사람은 없었다. 제잇의 역사와 숨겨진 초기 제잇들의 일들……. 초록은 그 어떤 목적도 없이 자신의 비밀을 털어놓는 효준의 심리를 충분히 알았다. 그건 그가 읽히는 그 소설들의 남자 주인공들과 똑같은 행위였다. 묻지도 않은 자기 서사를 줄줄 늘어놓기. 그 안에, 자신에 관한 이야기가 얼마나 많은지 저 수사관은 알 리 없었다. 자기만 뒷조사할 수 있는 줄 아나? 뒷조사를 당하고 있음을 효준이 모를 거로 생각했을까? 우스웠다. 열등감과 우월감은 쌍둥이구나 싶었다. 열등감 때문에 상대를 해하고, 우월감에 휩싸여 그 일이 숨겨질 거라 확신하다니.

키다리 아저씨는 경찰에게 협박받고 있다며 학교에 귀띔했고, 효준 역시 협박범의 신상을 공유받았다. 그러나 이미 익히 아는 사람이라는 이야기를 학교 측에게는 하지 못했다. 자신 역시도 제잇이 아닌 척하고 있었으니까. 대신 이미 자신이 제잇임을 아는 초록에게만 털어놓았다.

하지만 초록에게는, 제잇스쿨의 교사보다는 새로운 인물인 경찰이 친하게 지내기에도 좋았다. 재미있고. 어차피 둘 다 제잇이니 언제든 휙 버릴 수 있다면, 간편하게 쓰기에 경찰이 훨씬 나은 것도 같았다.

수사가 시작되고 나자 초록이 무언가 말할까 두려워 민석이 전전긍긍하는 걸 보니 우스웠다. 그래서 초록은, 가장 나중의 신문에서 여자 수사관에게 말했다. 어차피 기록을 통해 민석도 보게 될 테니까.

"외로운 사람은 자기 얘길 어딘가에 하고 그에 대한 반응을 보며 자위하고는 하죠. 저는 자신의 약한 면과 급소를 저에게 드러내주는 사람은, 사랑하죠. 절대 배신하려고 하지 않아요."

"키다리 아저씨에 대한 말이니?"

여자의 물음에 초록은 침묵했다. 굳이 대답할 필요는 없었다. 그러면, 그렇다고 오해할 테니까.

자신의 미래가 어떻게 될지는 생각하지 않으려 했다.

초록은 자신이 앞을 향해 나아갈 수 있을 위치, 앞으로 택할 방향, 그리고 도달할 수 있는 모든 곳에 대한 마음을 비웠다. 아마 입양된 제잇이 이러한 모습을 보인다면 양부모는 타박하겠지, 자신들의 안위를 고려하지 않은 편리한 모습이니. 그러나 수많은 충돌 속에서 어떤 길을 찾아야 할지 알지 못한다면, 그것은 프로그래밍한 인간의 잘못이었다.

*

모카가 범인으로 지목되었다. 경찰이 모카를 데리고 직접 실험한 결과였다. 그들은 모카에게 돌을 들게 한 후 누워있는 마네킹의 뒤통수를 향해, 그날 있었던 일을 재현하게 했다. 모카는 마네킹에 가까이 다가가서는 넘어졌다. 그러면서, 벽돌을 쥐고 있던 손을 펼쳤다. 벽돌은 떨어지며 마네킹의 머리를 강하게 짓눌렀다. 모카는 일어서며 기쁘게 말했다. "고쳤어요. 넘어질 때 쥐고 있는 걸 놓치기로!" 기대했던 어른들의 칭찬이 들려오지는 않아서 조금 실망했지만, 조르지는 않았다. 그건 제잇이 할 일이 아니었다.

작은 자갈을 벽돌로 각색한 것은 누구일까. 서은일까, 민석일까. 어쨌거나 그게 가장 옳은 선택이라는 것에는 많은 이들이 암묵적으로 동의했다. 그 누구의 악의도 아닌 아이의 실수로 일어난 사고였고, 만에 하나 보도된다면 7세 제잇의 입양률이 일시적으로 낮아질 수야 있겠으나, 어차피 사람 죽는 일이 빈번한 사회였고, 인권 단체가 모카를 변호해 줄 거라 스쿨은 확신했다. 스쿨은 어차피 모카의 편도 죽은 이의 편도 들지 않아야 했다. 그러니 편하게, 가만히 있으면 되는 것이었다. 들끓는 화제들이 잦아들 때까지만. 혹시 그 인권 단체의 누군가가 대단한 사명감을 품고 모카를 입양해 간다면 그것이 베스트일 거로 생각하며 교장은 계산기를 두드렸다. 그 애가 여자애였다면 얼마나 좋았을까, 하는 아쉬움에 입맛을 쩍쩍 다시면서. 그렇다면 그놈의 키다리 아저씨에게 슬쩍 어필해 볼 수도 있을 텐데.

지겸은 오랜 삶의 해프닝 중 하나로 이 일을 받아들이고는 잊었다. 효준이 죽었기에 입양을 갈 수 있게 되었고, 그래서 몇 번의 토요일에 본관을 서성였으나 지겸을 원하는 이는 없었다. 스쿨 사상 처음으로 입양되지 못한 채 성인이 되는 불명예스러운 제잇. 그게 지겸이었다. 이제 어떻게 살아야 할지 생각해야 했다.

그리고 초록은, 자신이 처음으로 입양되지 않음을 꿈꾸는 제잇이 될 것을 마침내 알게 되었다.

아주 작은 속삭임

_장아미

엄마는 바람 속에 지팡이를 짚고 서 있었다. 나부끼는 흰 머리카락 사이로 흉이 진 뺨이 도드라졌다. 흘러내리는 듯한 붉은 자국은 대화재 때 얻은 상흔이라고 했다.

지팡이를 쥔 손에 힘을 준 엄마가 공동체를 돌아보며 말했다.

"우리 모두 열매가 무사히 돌아올 수 있도록 빌어 줍시다."

나는 엄마를 흉내 내듯 주먹을 움켜쥐고 마주선 한 명 한 명을 응시했다. 늙고 지치고 음울한 얼굴들. 나를 먹이고 키우고 돌본 어른들. 우리.

여울은 맨 앞줄 가장자리에 비켜서 있었다. 숱 많은 검은 머리를 짧게 쳐올린 그는 한 팔로 배를 끌어안고 허리를 젖히고 있었다. 나는 여울이 턱 위로 돋운 스카프 뒤로 부르튼 입술을 깨물고 있을 것이라고 짐작했다. 말없이 자신만의 고통을 견디려는 듯이.

문득 현기증이 일면서 눈앞이 가물거리더니 엄마를 중심으로 줄지어 선 사람들의 면면이 흐려졌다. 그들 전체가 새하얗게 번지는 빛을 두른 채로 같은 박자로 호흡하는 하나의 거대한 생명체처럼 보였다. 땀이 밴 손을 맞잡으며 숨을 마시고 내쉬고 마시고 내쉬는 리듬을 따라 해 보았다. 내가 나보다 큰 집단, 우리의 일부라는 감각이 되살아나면서 편안해졌다.

기이한 일체감에 몸을 떨며 안도할 때 친숙한 시선이 느껴졌다. 나와 눈이 마주친 초록이 한 손을 들어 가슴께에 댔다. 나는 그 손짓의 의미를 이해할 수 있었다. 몸은 여기에 있지만 마음만은 함께하겠다는 다짐. 둘만의 약속.

내가 초록과 시선을 나누고 있음을 알아챈 듯 허리에 고정한 가방에서 바스락거리는 소리가 났다. 어른들에게 들키기 전에 얼른 가방 위를 토닥였다. 일주일 전 초록은 풀씨를 갉는 목화를 내려다보며 이렇게 말했다.

"혼자보다는 둘이 나으니까. 너 자신을 위해 꼭 목화와 같이 가야 해. 알겠지?"

나는 멧밭쥐인 목화를 무사히 데리고 오겠다고 초록 앞에서 몇 번이나 맹세해야 했다.

초록이 얼마나 간절하게 나와 동행할 수 있길 바랐는지를 상기하자 입이 썼다. 어렸을 때 병을 앓은 초록은 바퀴가 달린 의자에 앉지 않고는 이동하는 데 어려움을 겪었다. 오늘도 초록은 소낭 할머니와 더불어 무리에서 떨어져 있었다.

소낭 할머니는 초록의 옆에서 졸고 있었다. 우리는 이 역시 잠으로 받아들였다. 가까이에 있는 이들은 할머니가 스스로는 자각하지 못한 채 뇌까리는 혼잣말을 들을 수 있을지 몰랐으나 잊는 병에 걸린 그를 아무도 불편하게 여기지 않았다. 소낭 할머니는 공동체에서 가장 연장자였으며 누구보다 많은 이야기를 암

송할 수 있었다. 그러므로 머릿속을 가득 채운 그 이야기들 속에서 길을 잃는 것도 이상한 일은 아니지 않느냐며 엄마는 내게 설명했다.

엄마가 지팡이를 들어 땅을 두드렸다. 작별의 순간이 머지않았다는 뜻이었다.

"그럼, 다 같이 노래를 부릅시다."

엄마가 첫 소절을 시작하자 다른 목소리들이 더해졌다. 노랫소리가 커졌다.

엄마는 공동체의 엄마들 가운데 제일 큰 엄마였고 나는 그에게 맡겨진 마지막 자식이었다. 열일곱 해 전 열 달을 다 채우지 못하고 세상 밖으로 밀려 나왔다. 끔찍한 가뭄이 닥친 해였다고 했다. 이후로 공동체에는 더 이상 아기들이 태어나지 않았다. 지난 열일곱 해 동안 나는 공동체에서 가장 어린애였다.

합창이 끝나고 어른들이 나를 에워쌌다. 팔을 뻗어 머리며 어깨를 쓸어 주었다. 자기 몫의 절망을 떠넘기지 않으려는 듯 꾸며낸 목소리로 안녕을 빌어 주었다. 여울이 건성으로 내 팔꿈치를 쥐었다 놓았다. 축축한 손가락이 섬뜩할 만큼 차가웠다.

의자의 바퀴를 굴려 내 앞으로 다가든 초록이 튼튼한 두 팔로 나를 안아 주었다. 풀어지지 않게끔 꼭꼭 땋은 머리카락에 입을 맞추며 내게 속삭였다.

"매일 바라볼게. 기도할게."

"응."

나는 간신히 초록을 놓아주었다. 불안감을 들킬까 봐 함박웃음까지 머금은 채로.

사람들이 물러난 자리에서 엄마가 기다리고 있었다. 두 손으로 지팡이를 누르고 나를 어루만지지도 다독이지도 않고 그것만이 우리에게 최선이라는 듯 담담한 어투로 당부했다.

"몸조심하려무나. 기억해야 할 것들을 잊지 않는다면 길은 네 앞에 있을 거다."

"명심할게요."

나는 그 대화를 끝으로 곧바로 걸음을 뗐다. 예정보다 늦은 출발이었다. 고동치는 심장을 진정시키기 위해서라도 더는 지체하지 않은 편이 좋을 듯했다.

그때 정확히 어떤 말이 그를 일깨웠는지 몰라도 소낭 할머니가 잠에서 깼다.

"하늘은 맑다. 남동풍이 불고 있고 풍속은 적절하다. 어제는 돌풍 때문에 애를 먹었는데 오늘은 운이 따르는 모양이다."

젊은 여자의 음성이었다. 드문 일은 아니었다. 잊는 병에 걸린 후부터 할머니는 아무도 요청하지 않았음에도 기억 속에 저장된 자식들을 꺼내놓곤 했으니까. 초록은 할머니의 그런 증상을 오류라고 불렀다.

소낭 할머니가 눈을 깜빡였다. 명랑한 말소리에 잡음이 섞여 드는가 싶더니 지직거리는 소리가 커졌다.

"가까워지고 있다. 찾았다. 저 아래 도시가 보인다. 드디어 도시에 도착했다."

초록이 의자를 밀어 할머니에게 다가갔다. 초록은 우리 중 누구보다 소낭 할머니와 친분이 깊었다.

"열매를 배웅하는 자리잖아요. 다들 당황하고 있는데 저 표정들이 안 보이세요? 할머니, 잠시만 기다려 주세요, 잠시만요."

다시 잠 속으로 빠져드는 듯 눈을 감은 할머니가 콧노래를 흥얼거렸다. 애써 침착하게 발길을 놀리던 나는 놀란 나머지 하마터면 헛발을 내디딜 뻔했다.

소낭 할머니에게서 흘러나오는 앳된 목소리의 주인은 다름 아닌 나였다. 할머니는 지금으로부터 십 년도 넘게 지난 어느 날을 회상하고 있을까. 나와 초록이 다 자라지 않았을 때. 수리가 아직 우리 곁에 머물러 있을 때.

"구름이 죽어 가는 곳이 어디인지 알 수 있다면, 그대 꼭 가야만 한다면, 부디 돌아보지 말고 가시오."

엄마가 고갯짓했다. 나는 마음을 굳게 먹고 몸을 돌렸다. 과거의 내가 부르는 노랫소리가 나와 같이 걸었다. 그러다 언젠가부터 나 혼자 남았다.

메말라 바닥을 드러낸 강에 자갈이 흩어져 있었다. 찢긴 천이 말뚝 끝에서 나풀댔다.

나는 발을 끌지 않으려고 애쓰면서 떠나 버린 것들에 대해 생각했다. 강과 숲과 새 그리고 수리. 여울과 나란히 강머리로 나아가던 수리의 뒷모습을 곱씹자니 눈시울이 뜨거워졌다.

그 무렵까지만 해도 강은 가늘게나마 흐르고 있었다. 나는 갈대를 뽑아 광주리를 채우면서 수리가 하늘 아래 어디를 지나고 있을지 그려보곤 했다. 머무른다는 건, 알지 못한다는 것과 같은 의미였으니까.

언덕 꼭대기에 다다라서야 그 자리에 멈추었다. 땀을 뻘뻘 흘리며 뒤를 돌아보았다. 모두가 같은 자리에서 움직이지 않고 있었다. 내가 자신들을 봐주기를 고대하고 있었다는 듯이. 하지만 손을 흔들어 주는 이는 없었다.

나는 가늘게 뜬 눈으로 덤불이 듬성듬성한 바위 협곡을 올려다보았다. 흙먼지가 이는 길을 따라 올라가면 기대듯 잇대어진 암석 사이로 숨겨진 통로가 나왔다. 그 통로로부터 이어지는 공동(空洞)이 우리의 거처였다. 가림막을 두르고 그물 침대를 늘어뜨린 방들에는 아직도 희미하게 재 냄새가 풍겼다. 과거 공동체를 큰 위험에 빠뜨린 대화재의 흔적이었다.

쓰임이 다른 그 공간들에는 소유자가 없었다. 누구도 그 무엇도 독점하지 않았다. 우리는 함께 먹었고 함께 일했으며 함께 잠들었다. 그럼에도 죽음마저 함께하지는 못했다.

이제 와 우리를 이룬 건 스무 명이 채 안 됐다. 지난 일 년 가까이 공동체는 절반 이상이 줄었다. 깊은 잠에 빠져든 사람들의 얼굴은 평온했다. 그들은 반듯하게 누워 하루하루 숨쉬는 법조차 잊어 가는 듯했다. 우리는 흰 천으로 싸맨 망자들을 지하 깊숙한 곳에 옮겨놓았다.

자칫 여울마저 잘못된다면. 나는 머리를 가로저어 불길한 상상을 털어냈다. 샛길을 나와 도로로 올라섰다.

나는 해가 질 때까지 걸었다.

어둠이 내리고 바람이 식었다. 나는 겉옷에 달린 모자를 뒤집어쓰고 부서진 연석 뒤에 모포를 깔고 누웠다. 목화가 옷깃 속으로 파고들었다. 잔털이 인 몸뚱이가 목뒤를 스쳐 지나 겨드랑이 안쪽에 옹송그렸다.

잠깐 눈을 감았을 뿐인데 어느샌가 곯아떨어져 있었던 듯하다. 팔을 들어 뺨을 후려갈겼다. 손바닥에 날벌레 사체가 뭉개져 있었다.

몽롱한 정신으로 어디에서 무엇을 하고 있었는지 기억해냈다. 머리가 무겁고, 다리가 뻐근했다. 구부정한 자세로 고개만 젖혀 여명이 밝아 오는 하늘을 바라보았다.

벌레들이 귓가에 달라붙었다. 나는 손을 휘휘 내저으며 불을 피우고 물을 끓였다. 연석에 걸터앉아 지도를 펼쳤다. 찢어진 종이를 붙여 만든 그 지도를 내가 제대로 이해하고 있는지 확신할 수 없었다. 하지만 내게는 따라갈 길이 있었다. 나는 옛 가도 위에서 간밤을 보냈다.

목화가 겉옷 밖으로 머리를 들이밀었다. 옷깃을 벌려 목화를 땅에 내려 주었다. 주변을 탐색하기는커녕 목화는 한사코 내 다리에 매달렸다. 나는 웃으며 목화를 도로 가방에 넣어 주었다.

잠도 깰 겸 어슬렁거리다 버려진 고철 덩어리 앞에 섰다. 손끝으로 겉면을 훑자 시뻘겋게 뭉개진 가루가 묻어났다.

그 쇳덩이는 아둔한 거인 같았다. 문짝은 찌그러졌고 녹은 고무는 진창을 이루었다. 제 덩치를 가늠 줄도 모르는 듯했다.

그 거인은 검은 피를 태워 작동했다고 했다. 그 검은 피가 세상을 지금처럼 뜨겁게 만들었다고 했다. 부츠를 신은 발로 있는 힘껏 금속 테를 걷어찼다. 거인은 돌아누워 꼼짝도 하지 않았다.

신열에 들뜬 것처럼 이마가 뜨거웠다. 공기 중에 벌써 열기가 감돌았다.

모포를 말아 챙기고 배낭을 멨다. 해진 가죽 같은 비닐 포장지가 부츠 앞코에 채었다. 풀들이 시들어 가는 가운데 플라스틱 조각이 돌처럼 굳어 있었다. 삐딱하게 기운 분리대에는 천 조각이 묶여 있었다.

가방 속에서 목화가 떠는 것이 느껴졌다. 나는 봉긋하게 모양 잡힌 가방 귀퉁이를 쓸어내리며 속삭였다.

"나도 무서워, 목화야. 하지만 가야 하니까. 인제 그만 출발하자."

마른 입술을 핥으며 걸음을 뗄 때마다 떠난 이유를 헤아렸다. 보기 위해. 찾기 위해. 이대로 영원히 소멸하지 않기 위해.

우리는 양지 바른 돌벽에 늘어뜨린 그릇 속에서 푸성귀를 키웠다. 닭들에게 모이를 주었고 갈대를 엮어 그물을 짰다. 반복되는 일과에 의미가 있음을 배웠다. 깊은 잠이 다시 발병하기 전까지는, 한밤이 지나면 새벽이 올 것을 믿었다.

대화재 직후 마지막으로 유행한 그 병은 수십 년 동안 공동체에 발병하지 않았다. 그래서 처음에는 엄마조차 그 병이 돌아왔음을 인정하려 하지 않았다. 그 자신이 복도 한편에 기도라도 하듯 머리를 조아리고 꿇어앉아 있던 버금 할아버지와 맨 처음 맞닥뜨렸음에도.

깨끗한 천에 감싸여 그물 침대에 눕혀진 버금 할아버지는 겉보기엔 영락없이 잠든 사람 같았다. 입가에 미소를 띠고 있는 것이 좋은 꿈을 꾸는 것 같기도 했다. 그러나 그렇게 의식을 잃고 있는 사이 몸이 식었고 심장이 멎어 갔다.

그로부터 일주일이 지나 버금 할아버지가 목숨을 잃었을 때 공동체에는 깊은 잠에 사로잡힌 발병자가 아홉으로 늘어나 있었다.

나는 짙어지는 그림자를 의식하면서 소중한 것들을 그리워하지 않기 위해 노력했다. 새로 짠 그물 침대와 낡은 담요, 맨발로 디디던 돌바닥의 감촉과 아 하고 외치면 아아아 하고 달아나던 메아리, 손바닥을 쪼는 병아리의 부리와 빗물을 받아놓은 항아리, 돌벽 틈으로 내려다보던 무지개와 내 이름을 호명하는 목소리와 사랑하는 사람들.

출입문이 가려진 공동은 여러 개의 방과 좁고 복잡한 복도로 잇닿아 있었다. 무수한 발길을 받으며 길이 든 돌바닥은 이끼가 낄 새라곤 없이 반들반들했다. 대화재가 일어나기 전 공동체가 훨씬 규모가 크던 시기에는 가운데 방은 물론이고 가장자리에 있는 방들까지 보금자리로 사용됐다고 했다. 지금에 와 그물 침대를 떼어 낸 그 방들은 먼지로 뒤덮여 방치돼 있었다.

우리는 개중 그을음이 덜한 하나를 골라 가림막을 쳤고 의자며 책상을 대용할 상자를 들여놓았다. 초록은 온갖 잡동사니들로 그곳을 채웠다. 의자의 바퀴를 때웠고 발전기를 고쳤으며 어른들의 반대에도 새끼였던 목화를 거두어 길들였다.

사흘 전 음식 꾸러미를 챙겨 초록을 찾아 나섰을 때 가림막 옆으로 의자 바퀴가 비어져 나온 것이 보였다. 초록은 점심도 거르고 그 방에 틀어박혀 있는 것이 분명했다.

나는 가림막을 걷으며 안으로 들어갔다. 널찍한 바닥에 크고 작은 물건들이 널려 있었다. 광택이 흐르는 두툼한 천과 끈 다발, 프로펠러와 전지판, 버튼과 램프와 노브가 달린 장치와 용도 불명의 부품들, 기낭이며 조종 칸을 이룰 기기들. 일부는 상당 부분 조립돼 완성된 형태를 그려볼 수 있을 정도였다.

초록은 머리에 조명용 전등을 쓰고 한 손에는 도면을 그린 종이를 쥔 채 돌아앉아 있었다. 나는 방석에 엉덩이를 던지며 기척을 냈다.

"왜 점심 먹으러 안 왔어? 아무리 바빠도 식사를 거르면 안 되지."

"왔어?"

초록이 인사 비슷한 눈짓을 보냈다.

"내 발소리도 못 듣고. 뭘 하고 있었기에."

"늘 하는 거지, 뭐."

초록이 종이를 반으로 접어 상자 한편에 세워둔 책들 사이로 밀어 넣었다. 나는 음식 꾸러미를 넘겨준 다음 상자 모서리에 놓인 바구니를 들여다보았다. 목화는 풀을 엮어 지은 둥우리 속에서 잠을 자고 있었다.

나는 바닥에 늘어진 물건들을 턱짓으로 가리키며 물었다.

"진척이 있었어?"

"조금."

초록이 꾸러미를 풀어 구운 채소를 집어 먹었다. 나는 그 모습을 바라보다 기어들어 가는 목소리로 다시 말문을 뗐다.

"미안해. 너도 같이 갈 수 있었다면 좋았을 텐데."

"무슨 소리야. 네가 미안해할 문제가 아니잖아."

알곡 한 알을 입에 넣은 초록이 우물거렸다.

"이해는 해. 며칠 전에도 의자 바퀴에 구멍이 났잖아? 그런 일이 길 위에서 일어난다고 상상해 봐. 내가 움직일 수 없게 된다면. 더는 한 발짝도 나아갈 수 없게 된다면. 나는 물론 너를 혼자 보내고 싶지 않지만."

"어른들은 몰라. 네가 얼마나 강한 사람인지. 내 얘기는 들으려고 하지도 않고."

"나도 동의해. 그 길을 따라가는 게 유일한 방법이 아닐 수도 있는데."

잠시 생각에 잠겨 있던 초록이 장난기를 지운 진지한 말투로 덧붙였다.

"나는 믿어. 우리가 보살핀 존재들이 결국에는 우리를 지켜줄 거라고. 그러니까 열매야, 목화를 부탁해."

"응, 걱정하지 마."

초록이 안심했다는 듯 웃었다. 가림막 너머에서 종소리가 들렸다. 정오를 알리는 신호였다.

"늦겠다. 어서 준비해야지."

끈적이는 손을 상의에 문지른 초록이 책들 옆 그보다 큰 상자

쪽으로 팔을 뻗었다. 초록의 손아귀에 잡힌 천이 아래로 끌어내려지자, 검은빛을 띤 투박한 장치가 정체를 드러냈다. 겉면에 눌어붙은 자국이 있던 그 물건은 가장자리 방 어딘가에서 발견한 것이었다.

초록은 그 장치를 뜯어 내부를 살폈고 고장 난 부품을 교체하고 안테나까지 설치한 끝에 이를 작동시키는 데 성공했다. 그것의 이름은 송신기라고 했다.

초록이 상단의 버튼을 누르자 램프에 불이 들어왔다. 초록이 송화기의 각도를 조정하면서 물었다.

"오늘은 네가 해보는 건 어때?"

"아니, 나는 구경만 할래. 그게 좋아."

나는 방석을 당겨 초록의 옆으로 다가들었다. 머리에 쓴 조명을 켠 초록이 상자 위 책들을 훑다 청록색 표지의 한 권을 뽑아냈다.

하나의 그물 침대를 함께 쓰던 시절, 우리는 저녁마다 소낭 할머니를 졸라 여러 공동체에서 기원한 옛날이야기를 들었다. 소낭 할머니의 원칙은 하나였다. 길든 짧든 이야기는 하루에 한 편씩만. 그런 뒤에는 이마를 맞대고 같은 박자로 흔들리면서 서로 다른 꿈을 꾸었다.

초록이 펼친 책은 그 시절 할머니가 들려준 이야기를 기록한 것이었다. 버튼 몇 개를 더 조작한 초록이 읽어야 할 문장을 눈으로 좇으며 목청을 가다듬었다.

"아아, 안녕하세요. 오늘도 이 시간을 기다린 분이 계실까요.

대답을 들을 수는 없지만 저는 그렇다고 믿고 싶군요. 어제는 소녀가 약수를 구하기 위해 길을 떠나는 대목까지 읽었지요. 오늘은 그다음 이야기를 들려 드리려고 합니다."

나는 초록이 짚어 보인 문장에 시선을 멎은 채로 숨을 죽였다. 초록이 이어 말했다.

"그럼 시작해 볼게요. 귀 기울여 들어 주세요."

초록의 설명에 따르면, 송신기는 음성 신호를 변환해 원거리에 전달하는 장치였다. 그러면 수신기를 통해 그 신호를 들을 수 있었다.

나는 그 조잡한 장치가 그런 임무를 해낼 수 있으리라고 믿을 수 없었다. 그런 한편으로 남몰래 바랐다. 어느 외딴곳에서는 과거 나와 초록 같은 아이들이 수신기 앞에 모여 앉아 있기를. 초록이 낭독한 이야기가 지난 길을 더듬듯, 불탄 숲과 흔적만 남은 호수를 가로질러 우리를 찾아오기를.

도로 위로 아지랑이가 피어올랐다. 문득 이 길을 초록과 동행하는 건 무리였을 것이라는 확신이 들었다. 조난을 당해 얼마 가지도 못하고 주저앉아야 했을 것이다. 아니, 그보다 훨씬 끔찍한 일을 겪어야 했을 수도 있었다. 수리의 목숨을 앗아갔다는 사고를 생각하면 더더욱.

나는 새벽 어스름 속에서 나를 깨우던 초록의 손길을 기억했다. 졸린 눈을 비비며 왜냐고 물으려던 내게 초록이 조용히 하라는 듯 입술 앞에 손가락을 댔다. 나는 침대에서 나와 잠자코 초록을 따라갔다.

맨 끝 방, 허물어진 벽 밖으로 동틀 녘의 하늘이 내다보였다. 의자 바퀴에서 손을 뗀 초록이 강기슭에 있는 사람들을 가리켰다. 수리와 여울이었다. 이윽고 형상을 가늠할 수 없을 만큼 멀어진 둘은 지평선을 넘어 사라졌다.

그로부터 이 년이 지나 여울은 혼자 공동체에 돌아왔다. 그와 수리는 도시를 찾지 못하고 어디인지 모를 폐허를 헤매었다고 했다.

다시 만난 여울은 한때 내가 알았던 소녀와 전혀 다른 인물로 변해 있었다. 자긍심이 넘치던 쾌활한 얼굴에는 그늘이 졌고 거의 말을 하지 않았다. 조금씩 배가 불러 올수록 더 자주, 오래 울었다. 엄마들은 여울이 출산을 견디지 못할 것이라고 짐작하는 듯했다.

녹물이 스민 간판 끄트머리에 둥지가 걸려 있었다. 하지만 새들은 사라진 지 오래였다.

산등성이에 먹구름이 내리깔렸다. 천둥소리와 함께 빗방울 떨어지는 소리가 요란했다. 나무뿌리가 밀어 올린 도로 밑 공간으로 들어갔다. 벌레들이 팔을 물어뜯었다. 배낭에서 방수포를 꺼내 머리를 덮었다. 품에 안은 가방에서 가느다란 소리가 들리는 듯했다.

나는 어깨를 움츠리고 뺨을 가져갔다. 가방 모서리, 볼록하게 부푼 곳이 따스했다.

작은 몸. 그보다 작은 심장. 그러나 자신의 힘으로 박동하고 있었다.

시끄럽기만 하던 비는 금세 그쳤다. 나는 다시 걷기 시작했다.

소낭 할머니가 노래했다. 소녀에서 소년으로, 남자에서 여자로, 노인에서 아이의 그것으로 끊임없이 뒤바뀌며 잇따르던 목소리들.

"바람이 태어나는 곳이 어디인지 알 수 있다면, 그대 꼭 가야만 한다면, 부디 돌아보지 말고 가시오."

나는 소낭 할머니와 들 가장자리에 서 있었다. 세상이 얼마나 밝고 선명한지 구름 테두리에서 흘러넘치는 빛으로 실타래를 자을 수도 있을 것 같았다. 손가락을 구부려 무당벌레를 받쳐 든 할머니의 모습이 나이 지긋한 현자처럼 지혜로워 보였다.

상상도 할 수 없을 만큼 머나먼 곳에서 바람이 불었다. 단 한 번도 본 적 없는 풍요였다. 나는 내가 이 풍경을 마음 깊이 그리워하고 있었음을 깨달았다. 한때나마 이곳에 살았던 것처럼. 그것이 비록 착각에 불과하다고 해도.

눈물을 글썽이며 잠에서 깼다. 밤하늘을 올려다본 채로 꿈에서 들은 것이 죽은 사람들이 부르는 노래의 반향임을 자각했다.

우리가 저지른 가장 큰 잘못이라면 뒤늦게 태어났다는 점일 것이다. 우리는 죽음으로 도피한 자들이 범한 죄의 대가를 대신 치르고 있었다.

소낭 할머니가 가르쳐 준 건 비단 노래와 이야기만은 아니었다. 나와 초록, 여울과 수리를 앉혀놓고 할머니는 공동체가 왜 협곡으로 숨어들었는지 알려 주었다.

"우리 공동체에는 아이와 노인들이 많았습니다. 다른 무리에게 공격받아 몰살당할 수도 있었어요. 그래서 고립을 자처한 겁니다. 생존을 위해. 더 큰 희생을 피하려고. 그런 시대였습니다."

소낭 할머니는 사소한 질문도 흘려넘기지 않았고 화를 내거나 야단을 치는 일은 아예 없었다. 우리를 존중했다.

지난 일들을 세부 사항까지 정확하게 기억할 수 있는 그의 전자두뇌에 문제가 생긴 건 내가 열세 번째 생일을 맞은 직후였다. 소낭 할머니는 정지했고, 명령을 제대로 이행하지 못했으며, 요구받지 않은 동작을 실행했다. 때때로 긴 대기 상태에 돌입하게 된 것도 그 무렵부터였다.

초록이 할머니의 기억 속 정보들을 문서로 기록하고자 한 건 그 때문이었다. 초록은 할머니와 나눈 문답을 수기로 작성해 여러 권의 책으로 만들었다.

"당시 많은 도시가 침탈당했다고 하셨지요. 사실인가요?"

"그렇습니다. 지금으로부터 구십여 년 전 최후의 국가가 무너졌습니다. 그로부터 십 년이 지나기도 전에 거의 모든 도시가 붕괴했습니다. 깊은 잠이 발병했을 때는 인류가 절반 이상 줄어든 뒤였어요."

"깊은 잠."

의미심장한 말투로 중얼거린 초록이 다시 물었다.

"깊은 잠을 치료할 방법은 없나요?"

"제가 아는 바로는 그렇습니다. 낮은 체온. 느려지는 맥박. 꿈꾸는 듯한 표정. 확실한 건 맨 처음 깊은 잠에 사로잡힌 사람들대다수가 노인이라는 점입니다. 한번 잠들면 깨어나지 않았습니다."

"할머니는 어떻게 살아남았어요?"

"저는 아이들을 위해 만들어졌습니다."

소낭 할머니가 초록의 얼굴을 주시했다.

"나루를 설득해 함께 떠나기로 결심했습니다. 나루를 보살펴야 했으니까요."

나루는 초록의 엄마의 엄마였다.

초록과는 달리 여울은 소낭 할머니와 보내는 시간을 지루하다고 여기는 듯했다. 여울은 짓궂었고 자기 확신에 차 있었다. 어느 날인가는 장난삼아 절벽을 타고 오르다 미끄러져 팔을 다치기도 했다.

수리는 그런 여울을 달랠 수 있는 유일한 사람이었다. 어린 시절부터 나를 두근거리게 한 유일한 사람이기도 했다.

오래간만에 내린 비로 항아리들이 차올라 있었다. 나는 숨도 돌릴 겸 마당에 나온 참이었다. 암벽들 사이 조그맣게 트여 있던 공간을 우리는 마당이라고 불렀다.

뚜껑이 닫히지 않은 항아리 안을 들여다보려는 찰나, 물 위 그림자가 일렁였다. 나는 움찔거리며 뒤를 돌아보았다.

"열매야."

나를 놀라게 한 것을 사과하듯 수리가 미소를 지었다. 순간 내 이름이 무척 특별하게 느껴졌다.

"시간 있어? 하고 싶은 말이 있는데."

"어, 지금?"

하고 되묻자마자 후회했다. 이렇게 멍청한 질문을 하다니.

수리가 따라오라고 눈짓하면서 걸음을 뗐다. 우리는 복도를 지나 공동을 빠져나왔다. 길을 올라 절벽 끝에 걸터앉았다. 해가 지고 있었다.

수리가 바지 주머니에서 씨앗 세 개를 꺼내 주었다.

"어디에서 찾았어?"

"요 앞에서. 여울이랑 같이 강가에 나갔거든."

그랬겠지. 언제나처럼 여울과 함께였겠지. 나는 잇새로 껍질을 깨물었다. 알갱이가 바스러지면서 풋내가 도는 단맛이 입안에 퍼졌다.

수리가 강물을 내려다보며 말했다.

"소낭 할머니한테 들었는데, 옛날에는 전갈을 보내기 위해 새들을 이용했대."

"새들을?"

"응. 새의 다리에 전하고 싶은 말을 적은 편지를 묶어 날려 보냈대. 먼 곳까지 이야기를 전달하기 위해."

나는 다리에 편지를 매단 새를 그려보았다. 쉽지 않았다. 일평생 내가 본 새라곤 몇 마리 남짓에 불과했으니까.

"하지만 이젠 새들이 거의 남아 있지 않잖아."

"그래서 우리가 가야 하는 거야."

"우리가? 어디로?"

어리둥절한 표정으로 고개를 갸웃거렸다. 수리가 무슨 의도로 이런 얘기를 꺼냈는지 이해할 수 없었다.

"지난 세기에 건설한 가도를 따라가는 거야. 그 길은 지워지지 않았거든. 먼저 간 사람들이 노란 깃발을 매어놓았대. 나중에 따라올 이들을 위한 표식인 셈이지."

"우리는 계속 이곳에 있을 텐데."

수리가 웃음을 터뜨렸다. 나는 얼굴이 붉어졌다는 걸 들키기 전에 재빠르게 시선을 거두었다.

"아니, 떠나야 해. 남겨질 어른들을 위해서라도. 전언을 품고 우리와 같은 사람들을 찾아 나서야 해."

마지막 한 마디가 내 마음을 울렸다. 전언을 품고 우리와 같은 사람들을 찾아 나서야 해.

나는 어른들이 여울과 수리가 공동체를 떠나리라는 것을 예상했을 것이라고 추측했다. 어쩌면 먼저 그 둘을 설득해 길을 나서도록 부추긴 건 아닐까.

초록은 매일 같은 시각 송신기를 켜고 이야기책을 읽었다. 하지만 우리를 찾아오는 이는 없었다.

수리 역시 돌아오지 않았다. 여울만이 그의 아이를 품고 먼 길을 거슬러 왔을 뿐이었다.

깨고 싶지 않았다. 내게는 영원과도 같은 잠이 필요했다.

지친 몸을 허물어뜨린 채로 꼼짝도 하지 않았다. 날벌레들이 귓가에서 윙윙거리는 가운데 누군가의 목소리가 들렸다. 일어나지 마. 포기해도 돼. 더 가든 가지 않든 아무것도 바뀌지 않아.

안 돼, 그럴 수는 없어. 나는 이를 악물고 상체를 일으켰다. 귀엣말을 속살대던 목소리가 거친 숨소리로 흩어졌다. 넘쳐흐르는 듯한 암흑 속에서 길이 지워져 있었다. 하지만 나는 내 앞에 길이 펼쳐져 있음을 알았다.

배앓이에 시달린 탓인지 손이 덜덜 떨렸다. 억지웃음을 지으며 중얼거렸다.

"괜찮아, 목화야. 오늘도 힘을 내야지."

밝아지는 하늘 아래 황무지가 윤곽을 되찾았다. 구겨지고 흐트러지고 망가진 부분까지 세세해졌다. 언덕과 바위와 풀, 넝마나 다름없는 외투와 신발과 모자, 고장 난 가로등과 타다 만 드럼통과 온갖 쓰레기들. 나는 모포를 접고 배낭을 꾸리다 문득 손길을 멈추었다.

돌무더기 저편에 도사린 잿빛 형체, 개였다. 진창에 구르기라도 했는지 몸 곳곳이 흙으로 얼룩졌고 주둥이 가장자리에는 거품을 물고 있었다.

굶주림에 못 이겨 나를 공격하려는 걸까, 그런 게 아니라면. 나는 허리 뒤로 팔을 뻗다. 충격기에 손가락이 닿았다. 엄마는 들개 무리를 조심하라고 했다. 두려움이 머리끝까지 치밀었지만 동시에 이상할 만큼 차분해졌다. 무기를 쓸 일이 없기를 바랐으나 상대가 덤비면 물러서지 않을 작정이었다.

그러나 개는 나직이 으르렁거리는 소리를 흘리면서도 내게 다가오지 않았다. 내가 배낭을 메고 물러날 때까지 같은 자리에서 나를 관찰했다.

연무가 건혔다. 나는 소금 몇 톨을 혓바닥에 굴리며 걸었다. 목화도 오늘만큼은 가방에서 나오지 않았다.

비닐 끈에 뒤엉킨 털이 어떤 동물의 사체인지 분간할 수 없었다. 플라스틱 컵에 고인 흙탕물 속에서 벌레들이 우글거렸다.

길가에 간간이 지난 세기의 탈것들이 방치돼 있었다. 차창 너머로 내부를 살폈지만 보이는 것이라곤 부패한 것들뿐이었다.

나는 내가 길 위에서 만난 유일한 인간이었다.

도로는 다리와 연결됐고 철길과 교차했다. 오물 위로 바싹 마른 수초가 엉켜 있었다. 달구어진 철로에 귀를 눌러 보았으나 아무런 소리도 들리지 않았다.

부은 발에 물집이 잡혔다. 이가 헐거워진 까닭인지 잇몸에서 피 맛이 났다. 고통이 숨바꼭질하는 것 같았다. 숨었다가 다시 나타날 때마다 매번 다른 방식으로 나를 압도했다. 몸이 껍데기 같았다. 영혼에서 벗겨져 줄줄 흘러내릴 듯했다.

목에 두른 손수건을 당겨 얼굴을 가렸다. 모래바람이 살갗을 때렸다. 하늘이 뿌옇게 흐려져 있었다.

나는 몸을 숙여 분리대 뒤에 붙어 앉았다. 가방을 부둥켜안고 거듭 중얼거렸다.

"걱정하지 마. 금방 지나갈 거야."

그렇게 주저앉아 있는 사이 깜빡 졸았던 듯하다. 폭풍은 지나간 뒤였다. 나는 겉옷에 묻은 모래 알갱이를 털면서 일어섰다.

길이 뻗어 있는 방향에서 어떤 구조물이 눈길을 잡아챘다. 움켜쥔 주먹이 흔들렸다. 저곳이 도시일까. 엄마가 확언한 대로 저기에는 여전히 시민들이 살고 있을까. 하지만 이 거리에서는 명확하게 판단할 수 없었다.

표지판이 한쪽으로 넘어가 있었다. 환영합니다. 어서 오세요.

길은 나를 언덕 아래로 이끌었다. 외딴 건물 한 동을 지났다. 이를 뒤따르듯 점점 더 많은 잔해가 모습을 드러냈다.

뼈대만 앙상한 주택과 상가와 창고, 공원과 놀이터, 텅 빈 역과 그을린 전동차, 눕다시피 한 신호등과 전신주, 바퀴를 떼어낸 화물차와 택시와 자가용, 뒤집힌 침대와 소파와 옷장, 각종 가재도구로 쌓은 방벽. 그중 일부의 명칭을 나는 나중에야 배우게 될 것이다.

내려앉은 담 사이로 뜨거운 바람이 흘러나왔다. 나는 가까스로 목소리를 냈다.

"안녕하세요. 아무도 안 계세요."

뚫린 창문들이 나를 쳐다보는 눈들 같았다. 용기를 내 반복해 외쳤다.

"안녕하세요. 거기 누구 안 계세요."

고함소리가 갈라진 길을 유령처럼 서성였다. 거기 누구 안 계세요, 안 계세요, 안 계세요…….

넝쿨이 얽은 벽 위에 페인트와 스프레이 물감으로 휘갈긴 글씨들이 어렴풋하게 드러났다. 시선을 내려 뭉툭한 도구로 새긴 듯한 문장을 따라 읽었다. 나를 찾아와. 기다리고 있을게.

길모퉁이에서 개 짖는 소리가 울렸다. 나는 경직된 자세로 귀를 돋우었다. 불현듯 혼자라는 사실에 소스라친 나머지 나지도 않은 소리를 들었다고 착각했는지 모른다는 생각이 들었다.

잰 발길을 옮길 때 어떤 목소리가 들렸다. 오늘 아침 내 귓가에 속삭였던 소녀였다. 그 목소리가 물었다. 왜 그렇게 겁을 내? 내가 무서워?

모르는 척 자리를 뜨려고 했으나 목소리는 계속 나를 쫓아왔다. 서두르지 말고 내 이야기를 들어 봐. 이 도시에서 무슨 일이 벌어졌는지 알려 줄 테니까.

귀를 막고 도리질해 보았지만, 목소리는 아랑곳하지 않고 떠들었다. 왜 못 들은 시늉을 하는 거야? 내가 남긴 글까지 봤으면서. 이 도시에서 쫓겨나기 전에 써놓은 거야. 언젠가 나를 만나러 올 사람을 위해, 너를 위해.

그 목소리를 따돌리고자 난간을 붙들고 더듬더듬 고가도로를 올랐다. 육중한 기둥으로 떠받친 길은 중간에서 뚝 끊어졌다. 위태롭게 튀어나온 철근 뒤편으로 주택가가 내려다보았다. 나는 그 너머 어딘가에서 춤추듯 점멸하는 빛을 발견했다.

눈을 감았다 떴다. 하지만 빛은 여전히 거기에 있었다. 어느샌가 곁에 다가온 목소리가 기고만장한 말투로 지껄였다. 거봐, 나만 따라오면 되는데. 내가 다 말해 줄 수 있는데.

나는 왔던 길을 달려 내려갔다. 점차 커지던 목소리가 앞장서 축대를 뛰어넘었다. 여기로 와. 들리지 않니? 나뿐만이 아냐. 모두가 한목소리로 너를 부르고 있잖아.

나는 콘크리트 블록을 돌아 모래밭을 건넜다. 찢어발긴 듯 울퉁불퉁한 땅을 적시며 물이 흐르고 있었다. 노란빛이 섞인 푸르

스름한 물줄기가 흰 거품을 일으키며 출렁였다.

내가 목격한 빛은 수면 위에서 반짝이는 햇살이었다. 일순간 걷잡을 수 없는 갈증이 치받았다. 허리를 굽혀 손바닥 가득 물을 떠 입으로 가져갔다가 인상을 구기며 뱉고 말았다. 짰다. 강물이 아니었다. 그렇다면 이건…….

목소리가 웃으면서 대답했다. 맞아. 이 도시는 바다에 집어삼켜졌어. 한 마디로 수장되고 만 거야.

멍한 표정으로 젖은 손을 늘어뜨렸다. 나는 생애 처음 바다에 다다랐다.

초록 몫의 음식을 꾸러미에 쌌다. 닭장에서 나온 병아리들이 식탁 아래를 돌아다녔다. 기름이 튄 바닥이 번들번들했다. 나는 가림막을 제치고 복도로 나갔다. 오후 일과를 상기하며 발걸음을 옮기다 그 자리에 멈추었다. 기둥 옆에서 엄마가 다른 어른들과 대화를 나누고 있었다.

지난 회의에 다녀온 엄마는 다가올 겨울을 걱정하는 내게 비축된 식량은 충분하다고 말했다. 나는 엄마가 보태지 않은 이유를 상상했다. 죽은 뒤에는 먹지 않아도 되니까. 이미 잠들어 버린 사람들은 아무것도 소비하지 않으니까.

하지만 내년은 어떨까. 그다음 해는. 또 그다음 해는. 어른들이 전부 깊은 잠에 빠지고 만다면.

나는 엄마보다 훨씬 오랜 세월을 살아야 했다. 내일만을 두려워해서는 더 먼 미래를 준비할 수 없었다.

음식 꾸러미를 옆구리에 끼고 마당을 지났다. 절벽을 따라 난 복도 한편에 나무 한 그루가 심겨 있었다. 암석 틈에 쌓인 얕은 흙에 뿌리를 내린 그 나무에 꽃이 핀 것을 나는 한 번도 보지 못했다.

나무 앞에서 배 아래를 감싼 채로 주저앉은 사람과 맞닥뜨렸다. 황급히 다가가 말을 걸었다.

"괜찮아? 도와줄 사람을 불러 줘?"

"네가 언제 나한테 관심이나 있었다고. 잠깐 쉬면 돼. 호들갑 떨지 마."

여울의 어조가 무척 공격적이었다. 나는 화가 났지만 내색하지 않으려고 애쓰며 걸음을 물렸다.

"그럼 나는 이만 가볼게."

자리를 뜨려던 내게 여울이 불쑥 물었다.

"정말로 떠날 생각이야?"

"뭐?"

"하긴, 다른 방법이 없겠지. 아니면 다 같이 죽을 수밖에 없을 테니까."

"그렇게 말하지 마. 우리는 함께 있잖아."

나는 설득하듯 말하면서도 여울이 내 얘기를 귀담아듣지 않고 있다는 걸 알았다.

"나와 수리는 돌아오지 않을 작정이었어."

여울이 내 눈을 쏘아보았다.

"우리는 길 위에서 많은 것들을 목격했어. 희망을 놓지 않으려고 노력했어. 저 밖에 누군가 있다고, 우리가 아닌 다른 공동체를 만날 수 있다고 믿었어."

아니, 수리는 돌아올 거라고 했어. 머지않아 자신을 따라오라고 했단 말이야. 내 얼굴을 빤히 쳐다보던 여울이 못 참겠다는 듯 큰소리로 웃었다.

"수리는 고통받지 않았어. 놀랍도록 침착하게 최후를 받아들였지. 마치 선물이라도 받는 듯한 태도였어. 다행이라고 생각하지 않아?"

"그게 무슨 소리야?"

"열매, 너는 왜 공동체에 아기들이 태어나지 않는지 궁금해한 적 없어?"

여울의 눈동자가 이채를 띠고 번뜩였다.

"그래, 어떤 여자들은 수태하지 않았지. 하지만 모두가 그랬던 건 아냐. 종종 아기들이 생겼어. 하지만 아무도 그 아기들이 태어나 자라는 걸 보지 못했지. 그게 무슨 뜻일 것 같아?"

"그, 그건……."

나는 눈을 크게 뜬 채로 입술만 달싹였다. 여울이 의기양양한 표정을 지으며 한층 은밀하게 목소리를 낮추었다.

"소낭 할머니에게 물어 봐. 어느 공동체에서나 벌어진 일이야. 절망 때문에, 두려워서, 식량이 부족하거나 혹은 단순히 원하지 않아서."

"늘 있었던 일이라고?"

"나는 그럴 수 없었어. 혼자 외롭게 아기를 낳고 싶지 않았어.

살리고 싶었어. 축복 속에서 같이 키우고 싶었어. 하루하루 커가는 모습을 두 눈에 담고 싶었어."

여울의 말투에 어린 간절함이 나를 몸서리치게 했다. 나는 벽을 더듬고 뒷걸음질하면서 목소리를 짜냈다.

"엄마들한테 가 봐. 조금만 쉬면 괜찮아질 거야."

"싫어! 내 애기를 들어줘. 너는 수리를 좋아했잖아."

여울이 울음을 터뜨리며 내 팔을 붙들었다.

"내가 아니라 수리를 위해 돌아와. 우리 아이를 이 세상에 마지막으로 남게 하지 마."

여울의 손바닥이 역겨울 만큼 뜨거웠다. 나는 그런 여울을 묵묵히 바라보기만 했다.

바닷물이 이를 드러냈다. 모래밭을 베어 물며 연신 침을 흘렸다.

물방울이 튄 부츠가 축축했다. 부츠 밑창이 진 땅에 잠겨 들었다. 배를 쥐어뜯는 통증은 가라앉아 있었다.

파도가 미완성으로 남은 방파제 위를 넘나들었다. 도시가 최후의 순간까지 분투했다는 증거였다. 문득 저 물속에도 길이 나 있을 것이라는 깨달음이 뇌리를 스쳤다. 어디로 가야 할지 확신이 서지 않았다.

갯벌에 통조림 캔이 묻혀 있었다. 거꾸로 처박힌 손수레와 서랍장, 거울과 팻말과 벽돌. 바다는 그 모든 것들의 무덤이었다.

높아진 해수면은 시가지를 덮쳤다. 지대가 높은 외곽 지역은 수몰을 면할 수 있었을 테지만, 여러 차례의 소요와 깊은 잠의 발병을 거치면서 차츰 도시로서 기능을 상실했을 것이다. 나는 물 위로 비스듬하게 휘어진 철골 구조물을 응시했다. 눈을 가늘게 뜨고 저건 어떤 건물 일부였을까 상상하다가 무심코 고개를 돌렸다.

거기에 개가 있었다. 나는 뒷주머니에서 충격기를 꺼내려다 손이 떨려 떨어뜨리고 말았다. 개가 눈을 희번덕거리며 슬금슬금 내 쪽으로 다가들었다.

식은땀이 관자놀이를 적셨다. 나는 빈손으로 물러났다. 달리고 싶었지만, 땅이 질퍽거려 원하는 만큼 빨리 달아날 수 없었다. 개는 이번에야말로 나를 사냥하려는 듯했다. 콘크리트 블록 사이로 나와 개의 발자국이 이어졌다.

돌을 주워 던졌다. 펄쩍 도약하면서 물러난 개가 거리를 좁혔다. 공포로 나를 조련하려는 것처럼 멀어지는 듯싶다가 금세 가까워졌다.

시멘트를 굳혀 만든 둑에 그림이 그려져 있었다. 칼과 총과 해골과 아이들. 그 옆으로 기다랗게 철조망이 세워져 있었다. 나는 철조망을 들어 올리고 그 아래 틈으로 어깨를 밀어 넣었다.

나무뿌리에 걸려 넘어질 뻔했다. 허우적대다가 무엇인가를 잘못 밟았던 듯하다. 플라스틱병이 찌그러지면서 끔찍한 소리를 냈다. 발을 빼려 했지만, 진흙에 발목이 잡혀 똑바로 서지 못하고 미끄러졌다.

개가 껑충껑충 뛰면서 내 주위를 맴돌았다. 나는 쓰레기 속을 뒹굴며 있는 대로 악을 썼다.

"꺼져! 다가오지 마!"

개가 소리 높여 우짖었다. 그제야 어쩌면 그 개도 누군가를 필요로 했을 것이라는 데 생각이 미쳤다. 외로웠을 거라고. 자신을 안아 줄 힘센 팔을 그리워했을 거라고.

그렇다고 한들 나는 이미 구렁텅이에 빠진 뒤였다. 턱을 들고 잡히는 대로 당기고 할퀴어 보았으나 소용없었다. 더 이상은 버틸 수 없다는 걸 깨닫고 팔을 당겨 목화가 든 가방을 가슴 앞에 붙들었다.

발밑이 허물어지면서 어두컴컴한 공간으로 나가떨어졌다. 나는 그대로 정신을 잃었다.

바닥에 얼굴을 댄 채로 엎드려 있었다. 온몸의 감각이 되살아나면서 예리해졌다. 뺨이 얼얼하고 왼팔이 불이라도 붙은 것처럼 홧홧했다.

손을 들어 귓바퀴를 훑었다. 다리가 많은 벌레가 손끝에 떠밀려 툭 하고 떨어졌다.

옷깃 안쪽에서 온기가 느껴졌다. 목화가 겉옷에 들어가 웅크리고 있었다. 나는 쉰 목소리로 우물거렸다.

"무사했구나. 다행이야."

울면서 몸을 일으켰다. 나는 낙엽 더미 위에 쓰러져 있었다. 그 때문에 치명적인 부상은 피할 수 있었던 듯했다. 주먹을 쥐었다 펴고 다리를 까딱이며 어느 부위를 얼마나 다쳤는지 살폈다. 왼 팔꿈치에서 피가 흐르고 있었다. 상처를 묻은 흙을 털어 내고 손수건으로 동여맸다.

머리 위에서 동그랗게 빛이 번졌다. 나는 아마도 저 자리를 디디고 있었을 것이다. 환풍구에 설치된 덮개가 내 체중을 이기지 못하고 망가지면서 추락한 듯했다.

입을 벌려 아 하고 외쳐 보았다. 내가 터뜨린 소리가 좌우로 쭉 뻗은 낮은 천장에 부딪히면서 여러 겹으로 내달렸다. 순간 어느 쪽으로 가야 할지 결정했다. 일단은 출발해 보는 수밖에 없겠다는 예감이 들었다.

나는 목화를 구슬려 가방에 들어가도록 한 다음 배낭을 수습해 걸쳤다. 부츠 밑에서 철제 바닥이 흔들거렸다. 마른침을 삼키며 괴물의 뱃속 같은 공간을 느릿느릿 나아갔다. 어둠에 익숙해진 눈이 통로의 윤곽을 더듬었고 철조망을 분간했다. 숨을 들이마시며 온 힘을 다해 걷어차자, 걸쇠가 풀리면서 철조망이 한 번에 떨어져 나갔다.

통로 옆에서 문을 찾았다. 내게 더 이상 행운이 따르지 않을 것이라는 염려를 불식하듯, 손잡이를 돌리는 즉시 삐걱대는 소리와 함께 틈이 벌어졌다.

조금 전의 통로와는 비교도 할 수 없을 만큼 넓은 공간에 물이 차올라 있었다. 손전등을 비추자, 수면 아래에서 철로가 윤곽을 드러냈다. 나는 타일이 붙은 벽 옆으로 계단이 설치돼 있는 것을 발견했다. 녹슨 난간에 손을 대지 않으려고 노력하면서 물속에 잠기다시피 한 계단을 밟고 올라갔다.

바닥에 젖은 자취를 남기며 걸었다. 문 몇 개를 통과해 바퀴가 달린 수납장을 제치고 나가자, 양옆이 트이면서 완연히 밝아졌다. 잠시 후 나는 내가 바른 판단을 내렸음을 직감했다.

높다란 천장 아래로 원형의 홀이 펼쳐졌다. 카펫이 깔린 복도 좌우에 진열창이 세워져 있었다. 쓰러진 수납장 옆으로 가격표가 붙은 물건들이 널브러져 있었다. 의복과 화장품과 장신구들. 나는 반사적으로 허리를 숙여 온갖 상품들 속에서 제발 자신을 데려가 달라는 듯 손을 내밀고 있던 봉제 인형을 주우려다 쓴웃음을 짓고 말았다.

인간이 떠난 자리에 남은 건 썩지 않은 것들뿐이었다. 아름다우나 무용한 것들. 천천히 더러워질 것들.

복도 한쪽에 의자들이 포개져 있었다. 문득 내 안의 누군가가 그쪽으로 가 보라고 부추겼다. 가장자리에 있던 의자 두어 개를 치우자 겨우 길이 생겼다. 배낭을 끌어당기며 벽과 의자 사이를 빠져나갔다.

복도를 따라 문이 일렬로 나 있었다. 닫힌 문 하나를 흔들어 보았지만 열리지 않았다. 다음 문도 그랬다. 나는 실망감을 감추며 그다음 손잡이를 돌렸다. 쇳소리가 나면서 문이 밀려들어갔다.

잠시 열린 문 앞에서 멈칫거렸다. 내가 중대한 실수를 저지르고 있을지도 모른다는 생각이 머릿속을 스쳤지만 뒤돌아서거나 물러서지 않았다. 이곳에서 이 도시의 비밀 하나를 풀 수 있을 거라고 확신했기에.

페인트칠이 벗겨진 천장에 거미줄처럼 뻗어 나간 균열이 보였다. 날이 갈수록 깊어질 그 틈으로 햇살이 새어 들어왔다. 나는 연신 주위를 휘둘러보면서도 이 광경이 무엇을 뜻하는지 한참 동안 이해하지 못했다.

옷가지 밖으로 뼈들이 불거졌고 몇 줌 남짓한 머리 타래가 뒤엉켜 있었다. 짝을 잃은 신발과 솥과 포대기. 못해도 수백 구는 넘을 듯한 유골들이 벤치와 계단과 벽에 걸치거나 기대거나 흘러내린 채로 고유의 자세를 취하고 있었다.

이들은 한날한시에 더불어 죽기를 결심했을까. 불운한 우연으로 거의 동시에 깊은 잠에 빠져들었을까. 그리하여 서로를 구하거나 돌볼 새도 없이 한순간에 방치됐을까.

혹은 공동체가 바위 협곡에 보금자리를 지었듯이, 이 도시의 사람들은 이 공간을 묘지로 삼은 건 아닐까. 그래서 숨을 거둔 친구와 가족과 지인을 이곳으로 옮겨 한 송이의 꽃을 바쳤을지도. 울면서 기도를 올렸을지도.

그러나 그 순간 내가 들을 수 있었던 건, 기도도 통곡도 아닌 침묵뿐이었다.

바로 그때 부서진 천장에서 내리쏟아지던 광휘가 가늘어지더니 한 줄기로 모였다. 나는 열을 지어 놓인 벤치들을 돌아 빛이 안내하는 쪽으로 다가갔다.

빛줄기 아래 유골 한 구가 두 손을 모으고 누워 있었다. 뜯겨나간 셔츠 사이로 드러난 뼈들 위로 꽃이 피어 있었다. 꽃잎이 몇 장 없는 꽃이었다. 하지만 내가 일평생 본 그 어떤 꽃보다 붉었다.

돌연한 두려움에 쫓기듯 그 자리를 벗어나려던 찰나였다. 가까운 곳에서 젊은 남자가 흥얼거리는 소리가 들렸다. 셔츠와 뒤엉킨 조끼 주머니 밖으로 단말기가 흘러나와 있었다. 노랫소리는 거기에서 나는 듯했다.

나는 신중하게 손을 놀려 주머니에서 단말기를 빼 냈다. 순간 거짓말처럼 노래가 끊어졌다.

나는 서둘러 그곳을 떠났다.

방향 감각을 잃은 채로 출구를 찾아 헤매다 무너진 벽 밖으로 나왔을 때는 이튿날 아침이었다.

모포도 깔지 않고 그늘에서 잠들었다. 정신을 차린 뒤에는 밤새도록 걸어 도시를 벗어났다. 전에 없이 약해진 탓인지 낮의 열기를 견디기 힘들었다. 어둠을 거니는 것이 차라리 나을 듯했다.

해가 뜨면 잤고 지면 일어났다. 마지막으로 먹은 음식이 무엇이었는지 가물가물했다. 나를 계속 나아가게 한 건 집으로 돌아가야 한다는 일념이었다.

새벽녘의 정적 속에서 눈꺼풀을 떨면서 언덕을 올랐다. 마른 잎을 매단 가지 끝에 천이 매여 있었다. 저건 깃발이 맞을까. 돌아가고자 하는 의지가 비관을 굴복시킨 나머지 헛것을 보는 게 아닐까. 그즈음에는 목화도 움직임이 없었다. 가방 속에서 죽은 듯이 도사리고 있었을 뿐이었다.

바위 협곡 위로 먼동이 텄다. 조금만 더 가면 다다를 수 있을 것 같은데. 거의 다 온 듯한데. 하지만 더는 한 걸음도 뗄 수 없었다. 나는 무릎이 꺾여 주저앉고 말았다.

언덕 아래에서 내 이름을 부르는 외침이 들렸다. 어른들 서넛이 나를 향해 달려오고 있었다. 집이야. 드디어 집에 돌아왔어.

나는 웃음을 터뜨리면서 눈을 감았다.

깨기 전부터 내가 무사하다는 걸 알았다. 어깨를 감싼 담요에서 친숙한 냄새가 풍겼다.

타는 듯한 통증은 식어 있었다. 나는 붕대가 감긴 왼팔을 더듬으며 낯익은 천장을 올려다보았다. 담요를 내리고 몸을 일으키려던 나를 어떤 목소리가 저지했다.

"누워 있으려무나. 일어나지 않아도 돼."

흐릿한 시선 속에 엄마가 있었다. 엄마가 팔을 뻗어 담요를 여며 주었다.

"초록이 네가 거기에 있다고 알려 줬다. 멀리서도 너를 알아봐 얼마나 다행이었는지. 하마터면 큰일 날 뻔했어."

"죄송해요."

"죄송하다니. 나는 네가 무사해 기쁠 뿐이야."

엄마가 눈가에 주름을 잡으며 내 손을 잡았다. 나는 울음을 억누르며 어렵게 말문을 열었다.

"아무도 없었어요. 우리가 지금까지 살아남은 유일한 공동체일지 몰라요. 적어도 이 근방에서는요."

"네가 떠나 있는 동안 환자가 셋이나 늘었어."

엄마가 내 손을 놓고 등을 폈다.

"돌아오지 말라는 얘기는 진심이었다. 다른 보금자리를 찾을 수 있다면, 가야 해. 열매야, 우리를 버려야 해."

수리에게도 그렇게 말씀하셨어요? 여기는 틀렸다고, 너 자신을 살리기 위해서라도 공동체를 배신하라고.

나는 속내를 감추고 이렇게 대답했다.

"저는 이곳에 남고 싶어요. 모두와 함께 머물고 싶어요."

그런 나를 응시하면서 엄마가 어렴풋하게 웃어 보였다.

"알고 있겠지? 과거 공동체를 찾아온 이방인이 있었다는 걸. 그는 내가 만난 유일한 외부인이란다. 그가 알려 주었어. 저밖에 살아남은 도시가 있다고, 전부 파괴된 건 아니라고."

나도 알고 있었다. 그날 소낭 할머니가 불러낸 말소리가 그 사람의 것이라는 사실까지.

그 이방인은 만삭의 여자였다. 그는 운이 좋았다. 비행선이 고장 나 불시착한 직후 공동체에 구출될 수 있었으니까. 또 한편으로 무척 불운했다. 출산하고 얼마 지나지 않아 산욕열로 목숨을 잃고 말았으니까. 그 불운을 이어받았는지 그의 딸 역시 나를 낳고 하루 만에 세상을 떴다.

여자는 숨을 거두기 직전 비행선에 저장된 기록을 소낭 할머니에게 옮겼다. 비행선은 해체돼 보관됐다.

"잊힌다는 건 죽는 것과 다를 바가 없어. 우리 중 한 명이라도 살 수 있다면 공동체는 이어질 수 있어."

엄마가 주저하는 말투로 덧붙였다.

"하지만 열매야, 무엇보다 내가 네가 살기를 원해. 아무리 고통스럽더라도 네가 오래 살았으면 한다. 그게 내 바람이야."

나는 마음이 으스러지는 듯해 시선을 피하며 화제를 돌렸다.

"찾아온 게 하나 있어요. 단말기요. 배낭에 들어 있었을 거예요."

"초록이 가지고 갔다. 살펴보고 싶다고. 내가 그러라고 했다."

엄마가 지팡이를 짚으며 일어났다.

"음식을 들려 보낼 테니 남기지 말고 먹어라. 그럼 쉬려무나."

가림막 사이로 멀어지는 엄마의 뒷모습이 보였다. 나는 엄마가 늙었음을 인정해야 했다. 엄마에게는 얼마의 시간이 더 남았을까. 엄마가 없는 공동체는 유지될 수 있을까.

그물 침대 안은 편안하고 포근했다. 어른들 몇이 찾아와 졸음에 취한 나를 일으켜 세우곤 스프 몇 숟갈을 떠먹였다.

기운을 차렸을 무렵은 저녁이었다. 나는 침대에서 내려와 벽을 짚고 섰다. 넘어지지 않겠다는 확신이 든 다음에야 걷기 시작했다. 절뚝대면서도 혼자 힘으로 복도를 지났다.

초록은 짐작대로 그 방에 있었다. 나는 벽에 걸린 그림이며 상자며 온갖 잡동사니를 둘러보면서 무심결에 눈물을 글썽였다. 어쨌거나 이곳은 내게 집이었다. 내가 집을 떠날 수 있을까. 어디인들 다다를 수 있을까.

인기척을 들었는지 초록이 화들짝 놀라며 옆을 돌아보았다. 살짝 접힌 눈꼬리에서부터 미소가 번졌다.

"이제 돌아다녀도 돼?"

"다리를 다친 건 아니니까."

나는 어깨를 들먹이며 초록의 옆에 가 앉았다. 초록이 내 왼팔을 내려다보며 울상을 지었다.

"괜찮아? 아프지는 않고?"

"응."

나는 붕대를 감지 않은 팔을 움직여 초록을 안아 주었다. 바로 앞 상자에 바구니가 놓여 있었다. 나는 둥우리 밖으로 비어져 나온 꼬리를 눈짓으로 가리키며 인사했다.

"덕분에 무사히 돌아올 수 있었어. 고마워."

"어서 와. 고생이 많았지."

내 등을 토닥이던 초록이 뒤늦게 생각났다는 듯 물건 하나를 집어 들었다.

"이 단말기, 네가 가져온 거 맞지? 태양 전지로 작동하는 모델인 것 같은데 고칠 수가 없더라고."

나는 실눈을 뜬 채로 초록의 손바닥 위 단말기를 내려다보았다. 그러면 그때 내가 들은 소리는 무엇이었을까. 기적이었을까. 아주 희박한 확률의 우연이었거나.

단말기를 내려놓은 초록이 소곤댔다.

"실은 어젯밤에 완성했어."

"뭘 말이야?"

"비행선 말이야. 오래전부터 준비하고 있었잖아. 맨 끝 방에 숨겨놓았어. 덕분에 네가 언덕을 넘어오는 걸 목격할 수 있었어. 그 방에서는 협곡 아래까지 훤하게 내려다보이니까. 띄우기만

하면 돼. 시도해 보지는 않았지만 성공할 거라고 확신해."

"정말?"

"그럼. 나는 그 비행선을 꼭 고치고 싶었거든. 너를 위해, 나를 위해."

나는 눈을 휘둥그렇게 뜨고 머리를 주억거렸다. 초록이 흥분이 가시지 않은 어조로 물었다.

"너희 엄마와는 이야기를 나누었어?"

"조금. 내가 무슨 말을 할 수 있겠어. 도시를 찾지 못했는데. 시민들을 만나지도 못했는데."

나는 땋은 머리카락을 만지작거리다 퍼뜩 고개를 들었다.

"여울은 괜찮아?"

"좋지는 않은 모양이야. 그래도 엄마들이 있으니까."

내 눈에 어린 수심을 읽었는지 초록이 어깨를 두드렸다.

"여울은 무사할 거야. 그렇게 믿자."

잠깐 몸을 움직였을 뿐인데도 몹시 피곤했다. 초록과 인사를 나눈 다음 복도로 나왔다.

방으로 돌아가는 길에 어른들과 마주쳤다. 그들은 나를 반겨 주었지만, 여울의 상태를 묻는 말에는 답을 피하는 눈치였다.

나는 그물 침대로 들어가 담요를 둘렀다. 잠결에 울음소리를 들었다. 귀를 틀어막고 신음하면서 생각했다. 이건 세상이 통곡하는 소리는 아닐까. 이 멸망에 다른 운명은 없을까.

어느 순간 길고 끈질긴 비명이 그쳤다. 그러나 환청 같은 울음의 메아리는 멈추지 않았다. 나는 두 손을 모으고 정체 모를 이에게 간절한 기도를 올렸다.

잔기침을 터뜨리면서 눈을 떴다. 방안이 어슴푸레한 와중에 엄마의 침대가 비어 있는 것이 보였다. 두어 번 더 기침하다 침대에서 내려와 램프를 손에 쥐었다.

벽 위에서 어른대는 그림자가 앞으로 벌어질 일들을 예언하는 듯했다. 목소리를 빼앗긴 채로 몸짓으로 조심하라고 경고하는 것 같았다.

"다들 어디에 계세요? 대답 좀 해 주세요."

나는 자세를 낮추고 걷다 모퉁이에 서 있던 사람을 보지 못하고 들이받았다. 상대가 짚고 있던 지팡이를 놓치고 비틀댔다.

"엄마!"

하고 소리치면서 달려갔다. 엄마가 내 부축을 받으며 굼뜨게 눈을 깜빡였다.

"열매구나. 맞구나. 열매 너였어."

"연기가 차오르고 있어요. 불이 난 것 같아요. 피하는 게 좋겠어요."

그러나 엄마는 내 설명을 이해하지 못하는 듯했다. 몸도 가누지 못하고 자꾸만 꾸벅거렸다.

"어디가 편찮으세요? 또 현기증이 나신 거예요?"

엄마가 내 팔을 그러쥐고 겨우 한 마디를 뱉었다.

"초록과 같이 떠나."

"여울은요? 여울은 어떤가요?"

"죽었어."

"그게 무슨 말씀이세요?"

충격을 받을 틈도 없었다. 엄마가 내 손을 뿌리치며 말했다.

"아이도 죽었다. 어서 가거라. 여기에 더 있으면 안 돼."

"엄마, 엄마!"

나는 엄마를 똑바로 앉히려고 애썼지만, 그것이 소용없는 일임을 알아차렸다. 엄마를 살릴 다른 방책을 생각해 내야 했다.

엄마를 자리에 눕힌 다음 옷깃으로 입과 코를 가리고 가장자리 방으로 향했다. 가림막을 걷으며 달려 들어갔으나 초록은 거기에 없었다. 가림막을 젖힌 채로 입술을 물어뜯다 갑작스레 떠오른 생각에 램프를 들고 돌아섰다.

그날 이후로 한 번도 가지 않은 곳, 맨 끝 방은 한쪽 벽이 무너져 있었다. 그 위에서 간간이 돌들이 쏟아져 내려 어른들은 우리가 그곳에 출입하는 것을 금지했다.

기둥 옆으로 하얗게 일렁이는 빛이 보였다. 보폭을 넓혀 기둥을 돌아 나가는 순간, 나는 눈앞에 펼쳐진 광경에 전율하며 발길을 멎었다.

비행선은 정말로 거기에 있었다. 팽팽하게 부푼 기낭이 금방이라도 날아오를 듯 절벽 밖으로 기울어 있었다. 그러나 조종 칸 아래에 로프 여러 개가 매여 있어 이를 지상에 붙들어놓고 있었다.

램프의 불빛이 흔들릴 때마다 방이 형체를 뒤바꾸었다. 초록은 의자에 앉아 비행선을 올려다보고 있었다. 어깨에 멘 가방에는 목화가 있으리라는 짐작이 갔다.

"여기에 있었구나."

나는 경외감에서 벗어나 간신히 초록을 불렀다. 나를 넘겨보는 초록의 눈동자 속에서 맹목에 가까운 자부심이 엿보였다.

"열매야, 저길 봐. 몇 가지 문제가 있었지만 결국에는 해결했어. 어때, 훌륭하지 않아?"

"지금 이러고 있을 때가 아냐. 협곡 아래에서 불길이 번지고 있나 봐. 대화재 때처럼 큰 피해를 입을 수도 있어. 한시라도 빨리 대피해야 해."

"불이라니? 갑자기 무슨 소리야?

초록은 이곳에 틀어박혀 있느라 공동체가 위험에 빠진 줄도 모르고 있는 듯했다.

"여울이 죽었대. 아이도 그렇고."

"여울이 죽었다고?"

"응."

나는 눈물을 참으며 초록을 잡아끌었다.

"같이 가자. 엄마를 데리고 와야 해."

"기다려 봐. 그쪽으로 가면 안 될 것 같은데. 연기가 짙어지고 있잖아."

"기다리면 늦어. 엄마가 잠들었단 말이야."

"너희 엄마가 깊은 잠에 빠지셨다고?"

초록이 얼떨떨한 표정을 지었다. 나는 인내심이 바닥나면서 감정이 격해졌다.

"그래! 모두 저기에 있어. 이러다가 연기에 질식해 돌아가실지도 몰라."

하지만 초록은 의자 바퀴에 손을 얹고 나를 쳐다보기만 했다. 뱃속이 차가워지는 기분이 들었다.

"설마 무서워서 그래? 그럼 너는 여기에 있어. 나 혼자 다녀올 테니."

내가 몸을 돌려 복도로 달려가려고 할 때, 연기 속에서 어떤 형상이 가까워졌다.

"안 됩니다, 열매. 돌아가면 안 돼요."

소낭 할머니가 나와 초록 사이를 가로막았다. 램프가 퍼뜨리는 불빛 때문인지 인공 피부 아래 금속 장치가 푸르스름하게 내비쳤다. 그 얼굴을 마주하자 안도감과 반발심이 동시에 치솟았다.

"그러면요? 모두 죽을 때까지 여기서 기다려요?"

"떠나세요."

"어떻게요?"

이번에 질문을 던진 건 초록이었다. 소낭 할머니가 미소를 띠며 초록을 바라보았다.

"초록은 늘 묻기만 하는군요. 이미 스스로 답을 구했는데도요."

"그게 대체 무슨 말씀이에요……."

내가 중얼거리는 사이 초록은 벌써 움직이고 있었다.

"맞아, 언제든지 갈 수 있었는데."

비행선을 운행할 명분을 얻었다는 생각에 초록은 제정신이 아닌 듯했다. 조종 칸의 문을 열고 의자를 밀어 곧바로 조종간 앞으로 다가들었다.

나는 자욱하게 내리깔린 연기 속으로 뒷걸음질하며 고개를 저었다.

“엄마를 찾으러 갈 거예요. 저따위 비행선에는 타지 않을 거라고요.”

“나루도 그렇게 말했지요. 하지만 저는 인간을, 아이들을 보호해야 해요. 그것이 제게는 무엇보다 큰 사명이에요.”

“싫어! 싫다고!”

나는 그가 기계라는 점을 간과했다. 소낭 할머니는 완강했으며 나를 제압할 수 있는 완력이 있었다. 할머니가 반항하는 나를 조종 칸에 태운 다음 문을 닫자 초록이 기다렸다는 듯 비행선을 작동했다.

소낭 할머니가 차창 밖에서 나를 주시했다. 기계의 눈이었다. 하지만 나는 할머니가 그 어느 때보다 인간 같아 보인다고 생각했다.

“저는 공동체와 운명을 함께하겠어요. 마지막까지 희망을 걸어 보겠어요. 하지만 열매, 당신은 가야 해요. 초록, 열매를 부탁합니다.”

“안 돼, 내려줘!”

몸부림치면서 주먹으로 문을 후려쳤다. 비행선은 힘차게 떠올랐다. 바닥에 늘어져 있던 로프가 당겨졌다. 그때 굉음이 울리더니 절벽에서 돌이 굴러떨어졌다. 개중 일부가 기낭을 빗맞히면서 되튀었다.

그 탓에 비행선이 흔들려 나는 벽을 짚으며 물러나야 했다. 소낭 할머니가 조종 칸 아래에 매인 로프를 풀었다.

"이제 출발할 거야. 조심해."

연이어 버튼을 누른 초록이 조종간을 돌렸다. 비행선은 공동에서 벗어나 협곡 사이로 빠르게 흘러갔다. 나는 유리창에 이마를 뭉개고 조금 전까지 내가 있던 곳을 내려다보았다.

소낭 할머니는 바위 끝에 서 있었다. 연기에 휩싸인 채로 점차 멀어졌다. 나는 차창에 손바닥을 대고 흐느꼈다.

" 떠나고 싶지 않아요……. 모두와 같이 있고 싶다고요……."

화염이 덤불을 태우며 협곡 바로 아래까지 밀고 올라왔다. 달이 뜬 하늘 아래 대지가 붉게 타올랐다.

비행선은 바람을 타고 더 높이 날아올랐다.

비행선이 드리운 그림자가 까맣게 짓이겨진 땅을 가로질렀다. 잿더미 속에서 잔불이 박동하면서 연기를 피워 올렸다.

조종간을 고정한 초록이 내 앞에 와 섰다. 망설이는 듯한 손짓으로 내 어깨를 건드리더니 꾸러미에서 과자를 꺼내 건넸다.

"입맛은 없겠지만 먹어."

나는 입을 다물고 눈길을 돌렸다. 초록이 내 손에 억지로 과자를 쥐여 주었다.

비행선은 일정한 고도를 유지한 채로 끊임없이 나아갔다. 나는 구석에 쪼그리고 앉아 절반쯤은 깨고 절반쯤은 잠든 상태로 시간을 흘려보냈다. 초록이 몇 번인가 대화를 시도했지만 응하지 않았다. 허기가 지지도 갈증이 나지도 않았다. 그저 깊은 잠에 빠지고 싶을 뿐이었다.

몽롱한 눈빛으로 무릎에 대고 있던 머리를 들었다. 사방이 어둑한 가운데 유리창에 단단한 것이 부딪는 소리가 났다. 비행선이 뒤흔들리면서 조종 칸이 한쪽으로 쏠렸다. 그 탓에 자세가 흐트러져 나는 벽에 이마를 박고 말았다. 나를 돌아본 초록이 쓴웃음을 지었다.

"미안해. 폭풍이야. 피해 보려고 했는데 어쩔 수 없이 휘말린 것 같아."

창밖으로 사납게 요동치는 구름이 보였다. 빗방울이 조종 칸 옆면을 무자비하게 두들겼다. 나를 안심시키려는 듯 초록이 자신만만한 시늉을 했다.

"꽉 붙들어. 금방 지나갈 테니."

구름 사이로 빛줄기가 번쩍였다. 나는 넘어지지 않으려고 안간힘을 쓰면서 초록에게 걸어갔다. 초록이 앉은 의자를 뒤에서 세게 붙들었다.

"할 수 있어……. 벗어날 수 있어……."

초록이 창백한 낯빛으로 혼잣말을 되뇌었다.

"나는 아무것도 두렵지 않아."

하지만 초록의 확언이 무색하게 비행선은 급하게 곤두박질했다. 날카로운 소음과 함께 창문에 실금이 갔다. 나는 두 팔로 힘껏 초록의 어깨를 감쌌다. 이 비바람이 그치기는 할까. 우리는 무사히 착륙할 수 있을까.

절망은 눈을 뜬 채 아무것도 보지 못하게 했다. 언젠가 이 시련이 끝날 것이라고 상상하지 못하게 했다.

그때 초록의 머리칼이 쏟아지더니 내 뺨 언저리에 닿았다. 조종간을 잡은 초록의 손이 느슨해지면서 아래로 흘러내렸다.

"왜 그래? 초록, 눈을 떠 봐."

나는 의자를 돌려 초록의 앞에 꿇어앉았다. 초록의 얼굴을 두드리며 말을 걸었다.

"일어나. 잠들지 마. 제발 부탁이야."

그러나 초록은 깊은 잠에 사로잡힌 뒤였다. 아무리 애원해도 대답하지 않았다.

나는 바닥에 주저앉아 입술을 떨었다. 정면의 창문에서 빛줄기가 내비쳤다. 뒤편의 하늘은 검었다. 하지만 우리는 폭풍의 가장자리를 지나고 있었다.

젖은 눈으로 서서히 걷히는 먹구름을 응시했다. 초록이 멘 가방에서 바스락거리는 소리가 들리는 듯했다. 나는 눈물도 닦지 못하고 중얼거렸다.

"응, 목화야. 초록이 우리를 살렸어."

잠시 후 눈살을 일그러뜨리며 창문 앞으로 다가붙었다. 폭풍 때문에 뒤늦게 인지했을까. 아니면 지금 막 나타났을까.

허공을 가르며 솟구쳐 오른 그 구조물은 내가 아는 무엇과도 비슷하지 않았다. 기하급수적으로 길어지던 구조물의 끄트머리가 비행선의 기낭에 달라붙었다. 이를 이룬 것은 조그마한 입방체였다. 그것들은 서로를 연결하고 지탱하면서 기낭 전체를 뒤덮고 있었다.

램프에 불이 켜지면서 경고음이 터져 나왔다. 나는 초록이 어떻게 했는지를 상기하며 조종간을 만졌다. 급한 마음에 이것저것 건드리다 무슨 용도인지 모를 버튼을 누르고 말았다. 순간 속도가 느려지는가 싶더니 비행선이 낙하하기 시작했다.

"어어, 안 돼."

나는 겁에 질려 초록을 껴안았다. 비행선은 점점 더 빠르게 추락했다. 나는 극도의 두려움에 사로잡혀 눈을 질끈 감았으나 충격은 의아할 만큼 크지 않았다. 다시 몸을 일으켰을 때 비행선은 이미 착륙한 뒤였다. 발밑이 진동하는 것이 파도 위에 떠 있는 기분이었다. 곧이어 미묘한 울림이 사라지면서 비행선이 완전히 정지했다.

창문을 넘겨보니 기낭 일부가 망가져 있었다. 공중에서 기낭을 휘감고 있던 구조물이 만개한 꽃잎처럼 벌어져 조종 칸을 떠받치고 있었다. 내가 두 눈을 크게 뜨고 지켜보는 와중에도 끝에서부터 허물어지면서 연신 형상을 바꾸었다. 입방체들이 발광하며 데굴데굴 굴러다녔다.

나는 조종 칸의 문을 연 다음에도 어떻게 해야 할지 한참 고민했다. 문턱 밖으로 조심스레 걸음을 떼려는 찰나, 입방체 하나가 다가오더니 부츠 앞코에 톡 하고 부딪쳤다. 흡사 인사를 건네는 듯한 몸짓이었다.

내가 머뭇머뭇 손을 내밀자, 입방체가 팔을 타고 올라왔다. 어깨 위를 넘나드는 입방체를 곁눈질하며 즐거워할 때 누군가 말을 걸었다.

"안녕하세요."

입방체가 큰 실수라도 저지른 것처럼 바닥으로 미끄러졌다. 나는 어리둥절한 표정으로 돌아섰다.

"……소냥 할머니?"

목소리의 주인이 미소를 띠었다. 나는 그제야 그가 소냥 할머니와 유사한 기종으로 추측되는 휴머노이드임을 알아챘다.

"죄송하지만 소냥 할머니라는 이름으로는 유의미한 결과를 얻을 수 없군요. 저는 일이오사일이라고 합니다. 이 도시의 시민이지요. 전해진 정보에 따르면 당신은 인간이군요."

"맞아요, 저는 열매라고 해요."

"구사 번으로 시작되는 군체가 당신이 타고 있던 비행선과 접촉했지요. 당신은 위협으로 받아들였을지 몰라도 수리해 주려는 의도였다고 합니다. 비행선의 기낭에 문제가 생긴 상태였다고요."

설명을 마친 일이오사일이 초록을 응시했다.

"저분도 당신과 같은 인간이군요. 아마도 깊은 잠에 빠져 있는 것 같습니다만."

"제 가족이자 친구인 초록이에요."

나는 코끝이 시큰거리는 것을 느끼면서 대답했다.

"제게 아주 소중한 사람이에요, 초록은요."

"저분이 멘 가방에서도 생체 신호가 감지되는데요."

일이오사일의 눈길이 초록의 가방을 향해 있었다. 나는 입술을 물었다 놓으며 고개를 끄덕였다.

"멧밭쥐인 목화예요. 역시 제 가족이자 친구고요."

"슬퍼하지 마세요, 열매. 당신은 마땅히 와야 할 곳에 도착했으니까. 괜찮다면 당신을 영 님께 안내해 드려도 될까요?"

"영 님이요?"

"네, 우리를 깨우신 분이지요. 우리에게 임무를 부여해 준 것도 그분이에요. 그분이라면 당신의 요청을 들어줄 수 있을지 몰라요. 저는 당신을 돕고 싶으니까요."

나는 일이오사일의 제안을 수락했다. 고장 난 비행선에서 시간을 허비할 바에 그를 따라가는 게 나을 듯했다.

초록을 대동한 채로 일이오사일을 따라갔다. 이 도시는 내가 상상한 어느 곳과도 닮지 않았다. 건물들은 고정된 형상이 없었고 제각각의 방식으로 살아 있는 듯했다. 색을 달리하며 쉴 새 없이 재조합됐다. 그러나 나는 그 광경에서 규칙과 질서, 균형 감각을 느낄 수 있었다.

"맨 처음 완성된 도시는 지금과 달랐어요. 인간들이 만든 도시와 훨씬 흡사했지요. 하지만 화재와 홍수, 폭발과 오염 같은 재난을 거치면서 우리는 이곳을 조금씩 수정해 갔습니다. 인간들의 도시는 기능적으로 오류가 많았거든요. 동시에 우리 자신을 서서히 탈바꿈했어요."

일이오사일이 애정 어린 몸짓으로 나를 넘겨보았다.

"저는 초기의 모습을 유지하고 있는 유일한 시민입니다. 머지않아 이 외양을 버리게 될지도 모르겠지만요."

그 길의 끝에서 희게 칠한 건물이 나왔다. 탑을 연상하게 하던 그 건물은 이 도시의 다른 구조물들과 대조적으로 단일한 모양을 취하고 있었다.

출입문으로 우리를 안내한 일이오사일이 인사했다.

"문이 열리면 내리세요. 영 님이 기다리고 계실 겁니다. 그럼 또 만날 기회가 있기를."

문이 닫히고 직육면체의 공간이 움직이는 듯한 느낌이 들었다. 나는 어지러움을 억누르며 의자 손잡이를 움켜쥐었다.

움직임은 금세 멎었다. 의자를 밀면서 걸어 나가자 흰 벽으로 둘러싸인 반구형의 방이 펼쳐졌다. 나는 두려움을 떨치고 입을 열었다.

"안녕하세요. 제 이름은 열매예요. 영 님을 만나러 왔어요."

순간 벽 위에 소용돌이가 일면서 흩어져 있던 형체가 또렷해졌다. 새하얀 벽면에 떠오른 영상 속에서 길고 풍성한 머리칼을 후광처럼 두른 젊은 여자가 반기듯 팔을 벌렸다.

"열매 님, 뵙게 돼 반갑습니다. 초록 님과 목화 님도 환영합니다."

"제 친구들의 이름을 어떻게 아세요?"

"우리는 모든 것을 공유하거든요. 그것이 이 도시를 더욱 완전하게 만들어 준답니다."

영이 옷자락을 나부끼며 벽 위를 거닐었다. 다음 순간 머리카락이 짧아지더니 눈썹이 짙어지고 체구가 커지면서 이전과 전혀 다른 인물로 변신한 영이 근엄한 눈초리로 나를 마주 바라보았다.

나는 잠시 넋을 잃고 있었음을 깨닫고 목청을 가다듬으며 대화를 이었다.

"일이오사일이 저를 이곳에 데려다주었어요. 당신이라면 제 요청을 들어줄 수 있을 거라고요."

영이 그 모습에 걸맞은 엄격한 말투로 대답했다.

"그럴지도 모르죠. 하지만 그 전에 먼저 이야기를 나눠 보는 건 어떻겠습니까? 당신과 당신의 친구는 이 도시에 처음 도착한 인간들이니까요."

"그 말씀은, 이곳에는 단 한 명의 사람도 살지 않는다는 뜻인가요?"

"그렇습니다. 한때는 한 사람이 있었지만요. 그는 옛 도시의 마지막 시민이었습니다."

"옛 도시의 마지막 시민이요?"

"그가 저를 이곳에 불러왔지요. 그런 다음 제게 목적을 부여했어요."

이윽고 무수히 많은 외양을 거쳐 앳된 소녀로 변한 영이 천진한 목소리로 덧붙였다.

"그러면 그의 이야기를 들려 드릴게요. 당신도 그에 대해 알아야 할 테니까요."

최후의 국가가 무너지고 도시들 역시 소요에 휩쓸려 하나둘 붕괴할 무렵, 이 건물은 한 남자의 보금자리였다.

남자는 기술자였고 가족과 이웃, 동료들과 헤어진 뒤에도 이 도시에 머물렀다. 긴 세월 자신과 주변을 돌보며 고독 속에서 목숨을 부지했다. 한 여자가 비행선을 타고 나타나 자신을 찾아낼 때까지.

여자는 남자와 사랑에 빠졌지만, 일 년이 채 지나기 전에 다시 비행선에 오르기로 결심했다. 여자에게는 더 많은 공동체와 소통하고자 하는 열망이 있었다. 더군다나 그들에게 아이가 생긴 후였다. 여자는 너와 나를 살리는 건 우리라고, 또 그들이라고 남자를 설득했다.

하지만 남자는 여자와는 다른 신념을 품고 있었다. 누군가는 이곳을 지켜야 한다고 믿었다. 깃발처럼 혹은 둥지나 탑처럼.

그래서 남자는 여자를 떠나보냈다. 어느 쾌청한 날, 여자가 남동풍을 타고 자신에게 돌아오기를 소망하며 비행선을 향해 손을 흔들었다. 여자와 그 어딘가에서 태어나 자라고 있을 아이를 그리면서 평생토록 이 도시를 보살폈다.

영은 어느덧 나이 든 여자의 모습을 하고 있었다. 엄마처럼 눈가에 잔주름이 진 채 희끗희끗한 머리채를 나부꼈다.

"그 남자가 제게 노래를 멈추지 말아 달라고 부탁했어요. 저는 그가 죽어 갈 때도 노래를 불러 주었습니다. '바람이 태어나는 곳이 어디인지 알 수 있다면, 그대 꼭 가야만 한다면, 부디 돌아보지 말고 가시오.'"

나는 그 남자가 누구인지 알았다. 내가 어디에 이르렀는지 알았다. 나는 엄마가 말한 바로 그 도시에 도착했다.

나를 바라보는 영의 얼굴에 환희가 어렸다.

"이제 당신의 이야기를 들려주세요. 제가 더 많이 기억할 수 있도록, 끝없이 노래할 수 있도록."

"하지만 저는 혼자인 걸요. 제 곁에는 아무도 없는 걸요."

영이 저음의 부드러운 음성으로 대답했다.

"잊지 않는다면, 우리는 계속 살 수 있어."

나는 울음을 삼키며 그와 시선을 맞추었다. 오래전에 죽은 남자가 고요한 눈빛으로 나를 주시했다.

화성의 폐허

_김이환

컬쳐

화성은 광부의 예상보다 훨씬 이상한 곳이었다.

그가 목격한 것을 회사에 보고할 때마다, 회사는 그런 일이 일어날 리가 없으며, 광부가 냉동 수면의 후유증을 앓고 있을 뿐이니 금이나 열심히 캐라고 건조하게 답했다. 물론 광부는 지구에서 출발해 화성으로 가는 삼 년 동안 수면 캡슐 안에서 얼어붙어 있었다. 해동된 다음 한동안 두통과 구역질 증세로 고생했지만, 그건 단지 며칠 간의 일이었다. 이후 겪은 일은 맨정신일 때 일어났다. 우주선이 화성에 착륙했을 때 하늘에서 검은색 비가 내리고 있었다. 땅에 떨어진 빗방울이 순식간에 붉은 흙 속으로 스며드는 것을 광부는 똑똑히 보았다. 광부는 샤리프를 통해 회사에 보고했지만, 화성에는 비가 내리지 않으니 일에나 집중하라는 말을 들었다. 그다음은 누군가 지켜보는 듯한 이상한 느낌이 이어졌다. 광부가 상황을 보고하자 회사에서는 짜증 섞인 답장을 보냈다. 도대체 뭐가 문제냐는 것이었다. 냉동 수면 비행도, 로봇 조종도, 금 광맥 탐사도, 뭐가 힘드냐고 말했다. 그 말은

옳았다. 광부 역시 같은 생각이었다. 일은 간단하고 대가는 많아 보였다. 단지 지구와 화성을 오가는 시간이 오래 걸릴 뿐이었다. 금만 많이 캐면 팔자가 바뀐다고 믿었고, 지구를 떠날 때도 화성에 도착한 지금도 같은 생각이었다.

화성은 하늘과 땅은 붉고 태양은 달처럼 보였고 달은 두 개인 곳이었다. 배가 고프면 맛없는 합성 소고기를 먹은 다음 그것보다 더 맛없는 합성 음료수를 마셨다. 추위와 모래바람을 차단하는 우주복을 입고 호흡을 돕는 산소통을 등에 메고 일했다. 컴퓨터의 지시에 따라 광부는 금을 원석에서 분리하는 제련기를 베이스캠프에 서둘러 설치했다. 우주선에 탑재된 컴퓨터는 인공지능이었고 샤리프라는 이름이 있었으나 그는 그냥 컴퓨터라고 불렀다. 컴퓨터는 덩치 큰 개 크기에 모양도 개와 비슷한 탐사 로봇 세 대를 풀어놓고 금맥을 찾았다. 로봇이 화성 표면을 돌아다니며 금맥을 찾으면 광부가 찾아가 원석을 파내고 베이스캠프로 가져와 제련기로 금을 추출해 우주선에 보관하면 되는 것이다. 세대의 탐색 로봇에는 각각 하드리아누스, 트라이아누스, 마르커스, 약자로 H1, T2, M3라는 이름이 있었다. 그는 그냥 일, 이, 삼이라고 불렀다. 로봇 세대가 아니라 인간 세 명이 왔다면 더 편했겠지, 그는 생각했다. 하지만 사람 네 명보다 사람 한 명과 로봇 세 대가 훨씬 더 쌌기 때문에 회사도 그렇게 한 것이다.

"금이 얼마나 귀한 금속인지 생각해 봐. 사람보다 귀하잖아. 금 때문에 사람을 화성으로 보냈다니까. 회사는 인간이 아니야.

얼굴이나 마음이나 양심이 없어. 거대한 기계와 다를 바 없지. 기계가 나를 우주선에 집어넣고 화성으로 날려 보낸 거라고. 나는 반항할 수도 없었지. 다 금 때문에 일어난 일이야."

그는 하루 열두 시간씩 일 하고 밤이 되면 녹초가 돼서 잠을 청했다. 밤이면 가끔 우주선 밖에서 소리가 들렸다. 벌떡 일어나서 출구 해치를 노려보면 그저 폭풍이 불고 있을 뿐이었다. 웃음소리 같기도 하고 울음소리 같기도 하고 발소리 같기도 하고 노크 같기도 한 소리가 섞여서 들렸다가, 또한 그냥 모래 폭풍 소리 같기도 했다. 그럴 때면 다시 잠을 청했다. 피곤했으니까. 회사에 보고하지 않았다. 어차피 듣지 않을 테니까. 아침이면 거울을 보며 그는 중얼거렸다.

"내가 미치고 있나?"

검은 비, 누군가 지켜보는 느낌, 노크 소리. 내가 미치고 있나? 아니면 이미 미쳤나? 아니, 미치면 어떤가? 미치더라도 금이라도 캐고 미치자. 돈을 벌기 전에는 지구에 돌아갈 수도, 제정신을 찾을 방법도 없었다.

고된 일을 반복하던 어느 날이었다. 로봇 M3가 캠프로 귀환 명령을 내도 돌아오지 않았다. 광부가 이를 무시했더니, 컴퓨터가 자기 마음대로 회사에 상황을 보고했고, 이를 수신한 회사에서 광부에게 메시지를 보냈다. M3가 어디 있는지 찾아서 보고하라고, 제대로 보고하지 않으면 그에게 벌점을 주겠다는 내용이었다. 그는 코웃음을 쳤다. 벌점이라니, 그가 벌점을 무서워해야 할 이유가 있을까? 인사과 직원이 화성으로 날아와 옐로카드라도 주고 가겠다는 건가? 하지만 금광석을 모으려면 로봇 세대가 필요했다. 광부는 배낭에 물품을 챙겨 넣고 M3를 찾아 이동했다. 자동차가 있었으나 타고 갈 수가 없었다. 컴퓨터가 M3가 마지막으로 신호를 보낸 장소가 광부가 충분히 걸어서 갈 수 있는 거리라며 자동차 사용 허가를 내지 않았다.

"멍청한 놈."

그는 컴퓨터에 대고 욕을 하고 캠프를 나섰다.

컴퓨터의 지시대로 이동하던 중이었다. 망가진 우주선과 마주쳤다. 아주 오래된 무인 탐사선이 흙과 모래에 파묻혀 있었다. 6개월 전 화성에 도착한 탐사선 '휘싱 99'였다. 컴퓨터는, 착륙에 실패한 우주선은 모두 무인 우주선이었고 유인우주선은 언제나 무사히 착륙해 임무를 완수한 후 지구에 귀환했다는 설명을 되풀이했다. 광부는 거대한 탐사선이 뒤집혀 있는 광경이 신경 쓰였다. 아무리 모래 폭풍이 세게 분다고 해도 무거운 탐사선이 뒤집힐 수 있을까? 수상하게 여긴 그가 주변을 살피지 않았으면 반짝이는 물체를 찾지 못했을 것이다. 우주선에서 떨어진 금속이나 플라스틱 파편이 아닌 완전히 다른 물질이었다. 금 조각이었다.

3센티가 조금 넘는 길이의 마치 작은 나뭇가지 같은 가느다란 금 조각이었다. 광부는 금을 든 채로 멍하니 있다가, 캠프로 돌아와 회사에 보고했다. 알리지 않고 숨겨서 몰래 가져갈까도 고민했다. 하지만 그가 지구에 귀환하면 회사에서 금을 빼돌리지 않았는지 우주선과 그의 몸을 샅샅이 조사할 것이다. 광부는 훠싱99에서 떨어진 금 조각일 리 없으니 분명 원래부터 화성에 있던 것이며, 화성인의 고대 문명의 흔적일 가능성이 크고, 가져가면 자신에게 돌아오는 몫은 얼마나 되는지를 회사에 물었다. 잠시 후 회사에서 준다는 건지 안 준다는 건지 모르겠는 애매한 대답이 왔다. 광부는 확실히 하지 않으면 더 찾지 않겠다고 으름장을 놨다. 반드시 그의 몫이 있어야 한다고 주장했다. 회사는 광부가 찾았더라도 금은 여전히 회사의 소유라고 했으나, 그는 화가 나서 소리쳤다.

"누가 소유가 아니래? 내 몫이 얼마나 되냐고 묻잖아!"

그다음 회사의 답변은 훨씬 정중했다. 금 조각이 많이 있다면 큰 이익이다. 화성인의 유물이라면 가치를 돈으로 환산할 수 없을 정도고, 단순히 금 조각이라고 해도 이미 정제한 상태니, 땅에서 캐는 것보다 비용도 시간도 절약된다. 지구에서 사람을 더 보낼 수도 있다. 그러면 광부의 귀환도 훨씬 앞당겨질 것이다. 그러니 다시 찾아가라는 대답이었다. 광부도 당장 훠싱99로 향하고 싶었지만 모래 폭풍이 멎지 않아 다음 날로 일정을 미뤘다. 그는 어떻게 모래 폭풍이 부는 화성에서 금 조각이 땅 위에 놓여 있었는지 고민하다가 깊이 잠이 들었다. 그는 악몽을 꿨는데, 꿈에서 죽은 아들이 나타나 개미 농장을 사달라고 졸랐다. 안 된다고 하자 아이가 울었고, 잠에서 깼다. 그는 앞으로 벌어질 일이 두려우면서도 두렵지 않았다. 공포도 불안도 곧 지겨워질 것이다. 그다음은 뭘까?

컴퓨터가 자동차 사용 허가를 내줬고, 차를 타고 한결 수월하게 금 조각과 M3를 찾아 나섰다. 뒤집힌 휘싱99 주변에서 훨씬 무게가 더 나가는 금 조각을 찾았을 때는 신이 나서 소리를 질렀다. 금을 들고 살펴보다가 조각이 사람의 치아와 닮았다는 사실을 깨달았다. 정확히는 어금니와 비슷했다. 어제의 금 조각이 사람 새끼손가락 끝마디뼈와 비슷한 모양이라는 생각도 이어졌다. 화성인도 사람과 비슷한 외모를 가졌다는 뜻일까? 그렇지 않다면 화성인이 사람의 뼈 모양으로 금을 세공할 이유가 뭘까? 컴퓨터가 M3의 신호가 감지됐으니 찾아가라고 명령했고 광부는 신호가 오는 쪽으로 이동했다. M3는 화성의 계곡에서 뒤집힌 채 흙에 반쯤 파묻혀 있었다.

"이것도 뒤집혀 있다니."

게다가 M3는 뒤집혀도 일어날 수 있었다. 그런데 왜 멈췄을까? 광부가 어렵게 M3를 똑바로 세운 다음 부팅을 명령하자 M3는 곧 다시 작동하기 시작했다. 광부가 무언가가 M3를 건드린 흔적이 없는지를 살피는 동안 M3가 금 광맥을 찾아 움직이기 시작했다. 광부는 M3를 따라 계곡을 내려갔고, 그곳에 거대한 동굴이 있었다. 동굴의 입구를 보고 광부는 놀라 엉거주춤 뒤로 물러났다.

절벽에 구멍을 파고 돌을 쌓아 둥근 아치 형태로 만든 입구는,

분명 문명의 흔적이었다. 화성인이 만들었다고 가정하면 그들은 인간보다 확실히 체구가 작았고 장식물을 좋아하지 않는 것 같았다. 고대의 건축물이라니 커다란 발견이었다. 그런데 돈은 될까? 광부가 M3를 따라 안으로 들어가자, 동굴에는 거대한 폐허가 있었다. 왼쪽으로 구부러지며 계속 아래로 내려가는 계단이었는데, 코너마다 벽이 곡선이 아니라 각진 모서리로 처리되어 있어서 꼭 계단이 있는 벌집에 들어온 느낌이었다. 그는 자신이 어느새 마스크를 벗었다는 걸 깨달았고, 실내에 들어왔으니 벗어도 된다는 생각에 무심코 벗었으며 호흡이 지구에 있는 것처럼 편하다는 것도 깨달았다. 앞질러 간 M3는 계단 중간에 멈춰서 빙빙 같은 자리를 돌기 시작했다. 광부가 전원을 껐다가 켜도 소용이 없고 걷어차도 소용이 없었다. 계단을 내려가지 않는 M3를 뒤로 하고 광부는 계속 내려갔다. 계단은 끝날 기미가 보이지 않았다. 그만 내려갈까 싶을 때쯤에 바닥에 금 조각이 흩어져 있었다. 그중에는 꽤 큰 것도 있었다.

"발목인가?"

광부는 발목뼈처럼 생긴 금 조각을 주워 우주선 주머니에 넣었다. 마치 보물찾기하듯, 떨어진 금 조각을 따라 계속 계단을 내려갔다. 그가 막 또 다른 아치를 지나쳤을 때였다. 사람이 낑낑대는 소리가 들렸다.

분명 무언가가 아치 근처에 있었다. 만약 화성인이라면, M3를 뒤집을 수 있을 정도니까 힘이 약하진 않을 것이다. 광부는 품에서 레이저총을 꺼내서 출력을 최대한으로 올렸다. 계단을 내려가자, 중간에 구덩이가 있었고, 그 밑에 사람이 있었다. 군인들이 입는 전투용 우주복을 입은 남자였다. 군인은 광부가 손에 든 레이저 총을 보더니 두 손을 번쩍 들었고, 품에 안고 있던 금 조각이 후두둑 떨어졌다. 군인은 덜덜 떨면서 말했다.

"나도 당신처럼 광부야. 원래는 군인이었지만 회사에 취직해서 훠싱 호를 타고 금을 캐러 지구에서 왔어. 2년 6개월 걸려서 말이야. 당신도 광부지? 다른 회사의 광부나 과학자가 있을지도 모른다는 말을 미리 들었어. 어느 회사야? 금을 찾다가 함정에 빠졌지 뭐야. 제발 꺼내줘."

광부는 생각에 잠겼다. 이런 곳에서 사람을 만나다니 이상했지만, 많은 사람이 화성에 금을 찾아오고 있다면 충분히 가능한 일이었다. 하지만 믿어도 될까? 광부는 군인에게 컬쳐 호 주변에 왔었냐고 물었고, 군인이 대답했다.

"무슨 우주선? 제발 여기서 꺼내줘. 둘이 같이 폐허에 들어가자. 두 명이 같이 다니면 더 안전하지 않을까? 분명 폐허 안에는 금이 잔뜩 있을 거야. 금을 찾으면 반씩 나누자고."

"구덩이에서 꺼내줄 테니까 금은 내가 다 가지는 건 어때?"

"금을 다 갖겠다고…? 좋아, 어차피 여기서 죽으면 아무 소용없으니까. 나는 금을 가져가봤자 전부 회사 소유가 돼."

광부는 군인에게 가지고 있는 금 조각들을 위로 던지라고 했고, 받아서 살펴보았다. 금을 받고 광부가 그냥 도망갈 줄 알았는지 군인은 계속 꺼내 달라고 재촉했다. 광부는 신경 쓰지 않고 자세히 금 조각을 살폈다. 조각 중에는 부서진 갈비뼈 모양도 있었다. 가방에서 줄을 꺼내 구덩이 안으로 던지고 군인을 끌어 올렸다.

광부가 말했다.

“어째서 금을 사람 뼈 모양으로 만들었지? 화성인도 인간과 같은 외모였을까? 동굴 규모로 봐서는 인간보다 크기는 작았을 것 같은데 왜 금 조각은 크기가 인간과 비슷하지?”

“그게 중요한가? 금이면 됐지.”

군인이 대답했다. 계단을 내려가는 동안 가끔 벽에서 액체가 흘러나왔다. 액체가 없는 화성에서 흐르는 물이라니 이상한 일이었다. 화성에는 얼음 상태의 이산화탄소와 메탄만 존재하며 물은 없었다. 광부가 검은 비를 회사에 보고 했을 때 지구에서 돌아온 대답이었다. 그리고 손뼈, 목뼈, 갈비뼈, 팔꿈치, 정강이의 뼈, 치아 모양의 금 조각이 계단에 흩어져 있었다. 광부가 빠짐없이 주워 가방에 넣는 동안 군인은 입맛을 다시며 그를 지켜보았다.

계단을 내려가다가 두 번째 아치를 지나쳤다. 무심코 아치를 통과했을 때, 광부는 군인이 뒤로 물러나는 것을 보았다. 동시에 천장에서 바위가 떨어졌다. 광부는 옆으로 몸을 날려 간신히 피했고, 바위가 광부의 다리를 아슬아슬하게 스치고는 요란한 소리와 함께 계단을 굴러가다가 벽에 부딪혔다. 조금만 늦게 피했으면 광부는 바위에 깔렸을 것이다.

군인이 말했다.

“큰일 날 뻔했잖아. 폐허는 정말 위험해, 그렇지? 혼자 왔으면 죽었을 거야."

광부는 군인을 한동안 노려보다가 아무 말 않고 계속 걸었다. 세 번째 아치에 도착했을 때, 그는 첫 번째 아치를 지나서 구덩이에 빠진 군인을 만났고, 두 번째 아치 위에서 바위가 떨어졌음을 상기했다. 광부는 걸음을 멈췄다. 그리고 군인이 먼저 아치를 지나가길 기다렸다. 군인은 괜히 주변을 둘러보면서 밖에 모래폭풍이 불고 있는 것 같다느니 어쩌느니 딴청을 부렸다. 광부는 그가 등을 돌린 틈을 타서 다리를 슬쩍 걸었다. 쓰러진 군인은 중심을 잃고 계단을 굴러 내려갔다. 그리고 아치 주변의 벽이 무너지고 벽돌이 계단으로 떨어지기 시작했다. 광부가 먼저 지나갔다면 그대로 벽돌에 깔려서 죽었을 것이다.

폐허가 잠잠해진 다음 광부는 계단을 내려갔고, 군인도 자리를 털고 일어났다. 광부는 물었다.

"괜찮아? 폐허는 정말 위험해. 안 그래?"

군인은 광부가 다리를 걸었던 걸 아는지 모르는지 단지 벽돌에 깔리지 않아서 다행이라고 대답했다. 조금 더 내려가자, 폐허의 끝이었다. 끝에는 다른 거대한 폐허가 있지 않고 그저 막혀 있을 뿐이었다. 실망스러운 결말이었지만 다른 좋은 것이 있었다. 인간 해골 모양의 황금 덩어리가 끝에 놓여 있었다. 주변에는 역시 부서진 뼈 모양의 금 조각이 흩어져 있었다. 해골을 챙기는 광부를 부러운 눈으로 보던 군인이 말했다.

"그걸 가져갈 거면 금 쪼가리는 나 주면 안 돼?"

"금은 필요 없다면서."

“하지만 여기까지 왔는데 나도 뭐라도 챙겼으면 해서.”

광부가 작은 부스러기 몇 개는 가져가도 좋다고 말하자 군인이 신이 나서는 금을 줍기 시작했다. 광부는 바닥의 금을 줍는 그를 물끄러미 바라보다가, 잽싸게 품에서 레이저 총을 꺼내서 군인의 등을 쏘았다. 레이저는 살상용이 아니라 고통만 주도록 설계된 것이어서 군인이 죽지 않았지만, 바닥에 쓰러뜨리기는 충분했다.

고통에 비명을 지르며 몸을 비트는 군인에게 광부가 외쳤다.

“멍청한 놈! 여기서 나를 죽일 생각이었지? 우주선으로 몰래 들어오려고 주변을 계속 맴돌고, M3를 훔쳐서 뒤집어놨지? 우주선 주변에 있는 발자국과 M3 주변에 있던 발자국이 네 것과 똑같아. 밤이면 문을 두들기면서 소리를 질렀지? 울다가, 웃다가, 다시 울고, 모두 네 놈 짓이지? 나를 죽이고 금을 전부 훔치려고! 내가 모를 줄 알아?”

분노에 찬 광부는 레이저 광선을 한번, 또 한 번을 더 쏘았다. 세 번째 맞았을 때 군인은 더 움직이지 않았다. 광부는 군인을 내려다보며 얼굴을 천천히 살펴보았다.

“죽었나?”

허리를 굽혀 더 가까이 보며 말했다.

“아직 살아있나?”

누워있던 군인이 눈을 부릅떴다. 아니, 눈을 뜬 것이 아니라 안구가 터지며 눈꺼풀이 열렸다. 이어서 퍽, 소리와 함께 몸 전체가 터져서 물로 변했다. 광부는 기겁해서 뒤로 물러났다. 바닥에 고였던 물이 천천히 그를 향해 흐르기 시작했다. 한 걸음 뒤로 물러나자 다시 물이 따라왔고, 방향을 바꿔서 뒤로 물러나자, 물도 흐름을 바꿨다. 광부는 달리기 시작했다. 문득 계단을 오르며 뒤를 돌아보는데, 벽에서 물이 흐르고 있었다. 물은 바닥에서 새어 나오고, 모서리에서 솟았으며, 계단에 고인 물이 그를 따라서 거꾸로 올라오기 시작했다. 광부는 뛰고 또 뛰어 폐허를 나왔다. 밖에는 정말 모래 폭풍이 불고 있었다. 금이 든 배낭과 해골을 꼭 쥐고 차에 올라타 캠프를 향해 폭풍을 뚫고 달렸다. 강력한 바람 때문에 여러 번 차가 뒤집힐 뻔했다. 그의 뒤로 웃음소리 같기도 하고 바람 소리 같기도 한 것이 따라왔다. 베이스캠프는 이미 폭풍이 삼키고 있었으므로, 광부는 우주선에 올랐다. 배낭을 내려놓고 해골은 여전히 손에 쥔 채로, 유리창을 통해 창밖의 폭풍을 바라보았다. 잠시 창문에 그림자 비슷한 것이 스쳐서 그가 흠칫 놀랐을 때 우주선 안에서 웃음소리가 들렸다. 광부가 뒤를 돌아보니 배낭이 열리고 안에서 물이 흘러나오고 있었다.

당연한 일이었다. 화성인이 물로 변한다면 금으로도 변하고 다시 물로 변할 수도 있을 것이다. 그는 속은 것이다. 밤이면 우주선 문을 두들기던 화성인은 결국 그를 속여 우주선 안으로 들어온 것이다. 광부는 흐르는 물을 향해서 레이저 총을 쐈지만, 물은 계속해서 그를 향해 흘러왔다. 이윽고 물은 천천히 군인의 모습으로 변했고, 팔을 뻗어 광부의 목을 잡았다.

광부의 머리가 금으로 된 해골 옆에 나란히 굴렀다.

인텔리전스

화성 탐사 유인우주선 인텔리전스의 인공지능 샤리프는, 냉동 수면 중이던 비행사와 과학자를 해동하고 잠에서 깨웠다. 과학자는 온몸이 얻어맞은 것처럼 아프다고 불평했고 비행사는 위장이 쓰리다고 중얼거렸지만, 샤리프가 진통제를 처방하고 냉동 건조 유동식에 물을 첨가해 데워주자 입을 다물었다. 며칠 앓은 사람처럼 퀭한 얼굴의 비행사와 과학자는 마주 앉아 음식을 먹으며 창밖의 붉은 하늘을 내다보았다. 비행사는 냉동 수면 동안 꾼 꿈을 말했다.

"거대한 뱀에게 쫓기는 꿈을 꿨어. 피를 빨아먹으려고 하더라고. 주변에는 이미 피를 빨린 사람 시신이 산더미로 쌓여 있었어. 막 뱀에게 잡히려는데 깼지. 무슨 의미였을까? 불길한 꿈이 아니었으면 좋겠어. 나는 백 일 동안 비슷한 꿈을 몇 번이나 꿨을까?"

과학자가 대답했다.

"많이 꾸진 않았을 겁니다. 냉동 수면 동안 뇌는 꿈을 꾸지 않으니까요. 화성에 도마뱀처럼 생긴 외계인이 사람을 잡아먹는다는 소문이 있으니 그 영향일 겁니다. 저는 개미가 모두 죽는 꿈을 꿨습니다."

우주선의 라운지 한쪽 유리 어항에 모래가 담겨 있고 그곳에서 개미들이 부지런히 돌아다니고 있었다. 우주 환경이 곤충의 생태에 어떤 영향을 미치는지에 관한 실험이자, 개미를 좋아하는 과학자의 취미였다. 비행사는 곤충을 싫어해서 뒤돌아 앉아 담배를 꺼내 피웠는데, 라운지에 자욱하던 담배 연기가 공기청정기에 빨려 들어가서 사라졌다. 밖에서 부는 강한 바람이 우주선을 흔들다가 곧 잠잠해졌다.

개미 농장을 들여다보며 과학자가 말했다.

"지구는 독특한 곳입니다. 생명에 꼭 필요한 산소가 있고, 물이 있고, 태양풍을 막는 자기장이 있고, 온도가 일정하게 유지되고, 덕분에 인간이라는 지적 생명체가 진화해 생태계에서 최고 위치를 점령할 수 있었습니다. 그러나 지구에는 인간보다 더 번창한 생물이 있습니다. 바로 개미입니다. 개미의 무게는 인간의 무게를 합친 것보다 더 크리라 추산합니다. 화성의 환경은 지구와 달리 혹독합니다. 모래 폭풍 속의 모래 알갱이가 우주복을 찢을 정도로 험난한 환경이죠. 인간과 개미 중 어느 쪽이 화성에 더 쉽게 적응할까요?"

다 아는 사실이었으나 비행사는 잠자코 과학자의 말을 들었다. 샤리프가 이제 일할 시간이라고 통보했고, 두 사람은 우주복을 챙겨입고 우주선에서 내려 차를 탔다. 그동안 로봇들이 우주선 주변에 캠프를 설치했다. 자동으로 움직이는 차는 컬쳐호가 착륙한 위치로 이동했다.

컬쳐호는 화성 주변을 도는 열세 대의 인공위성이 사진으로 촬영한 모습 그대로, 뒤집힌 채 반쯤 흙과 모래에 파묻혀 있었다. 과학자가 말했다.

"컬쳐호 승무원의 실종은 회사의 무책임한 대응 때문이기도

합니다. 광부는 우주선 주변에서 일어나는 이상 현상을 계속 보고했으나 회사가 무시했습니다. 회사는 광부가 얌전히 금을 캐서 돌아오길 원했고, 힘들게 보낸 광부를 금도 없이 지구로 귀환시키고 싶지 않았습니다. 광부는 화성인의 고대 유물로 추정되는 금을 찾았다고 보고한 후 실종됐습니다. 실종 이후에도 컴퓨터는 화성에 거대한 금광이 있다는 메시지를 계속 보냈습니다. 지구 연합정부는 금보다 화성인의 고대 문명이 더 가치 있다고 판단합니다만."

과학자는 계속해서 떠들었는데, 비행사는 시끄럽고 듣기 싫었지만, 그들의 목소리를 샤리프가 녹음해 화성 탐사 기록 자료로 남기고 있었으므로 비행사는 그냥 참았다. 예상한 대로 컬쳐호 안에 실종된 광부의 시신은 없었다. 그가 발견했다는 금도 없었다. 단지 먼지 묻은 더러운 가방 하나가 뒹굴고 있을 뿐이었다. 과학자는 우주선 컴퓨터를 확인하며 시스템을 다시 살릴 방법을 찾았다.

비행사는 말했다.

"화성에 금이 잔뜩 있으면 좋을 텐데 말이야. 돈이 되지 않을까?"

과학자가 말했다.

"가져갈 수 있을까요? 무게가 꽤 나가니까요. 우주선에 여유 공간이 있을지 모르겠습니다. 물론 유물의 가치는 돈으로 환산할 수 없습니다만."

우주선에 금을 몇 톤을 실을 공간이 있다는 것은 둘 다 알았지만, 비행사는 입을 다물었다. 그들은 금을 찾으러 오지 않고 화성인의 유물을 조사하러 왔다. 광부의 생사도 확인하면 좋을 것이다. 과학자는 컬쳐 호의 시스템을 다시 살리려 무척 애를 썼고, 힘들게 전원을 켠 다음, 인텔리전스 호와 간신히 연결해서 데이터를 점검했다. 과학자는 시스템이 이상하다는 말을 계속 반복했다.

"컴퓨터가 바이러스라도 감염된 것 같군요. 전혀 말을 듣지 않습니다. 우주선 컴퓨터에 바이러스가 침투하는 상황은 싸구려 SF 영화에서나 일어나는 일이긴 합니다. 그래도 광부의 위치를 추적할 자료에는 접근이 가능할 겁니다. 시간은 다소 걸립니다."

비행사는 우주선 옆의 베이스캠프를 돌아보았다. 캠프에는 이상하게도 한 명이 아니라 두 명이 있었던 흔적이 있었다. 금제련기를 누가 뜯어갔는데, 수시로 불어닥치는 모래 폭풍에 거의 사라지긴 했으나, 두 사람의 발자국이 있었다.

"사람이 두 명 우주선 주변에 있었어. 한 명은 덩치가 크고 한 명은 작아. 광부는 키가 몇 센티지?"

"180센티입니다. 하지만 또 다른 사람이 있었을까요?"

"다른 유인우주선도 많이 착륙했었으니까."

"공식적인 보고 상으로 광부 이외의 화성에서 실종자는 없었습니다."

공식적으로야 그렇다. 실질적으로는 사라진 사람이 몇 명인지 모른다. 과학자가 컬쳐 호의 컴퓨터에서 광부가 마지막으로 이동한 위치를 찾아냈고, 두 사람은 자동차를 타고 장소로 향했다. 차가 멈춘 곳에는 역시 뒤집힌 채로 모래에 파묻힌 로봇이 있었다. 비행사는 말했다.

"컬쳐 호에 실었던 탐사 로봇이야. 세 대를 실었고, 한 대는 우주선 옆에 있었어. 두 번째 로봇은 여기 있고, 나머지 한 대는 어디 있을까? 왜 작동을 멈췄지? 여간 튼튼하게 만든 로봇이 아니야. 뒤집힌 정도로는 고장 나지 않아."

과학자는 화성의 기후에 어떤 변수가 있었을지는 모른다고 말했다. 그건 비행사도 동의했다. 다시 차를 타고 이동했고, 중간중간 마주친 무인 우주선이나 버려진 로봇과 기계를 확인했다. 비행사는 말했다.

"화성에 온 무인 탐사선과 기계와 로봇 대부분이 제 수명을 다하지 못했어. 우연의 일치일 리 없어. 이유가 있을 거야."

컬쳐 호에서 얻어낸 데이터에 따르면 마지막으로 광부가 도착한 곳은 계곡이었다. 그들은 계곡 주변을 돌아보다가 아래로 내려갔고, 그곳에 있는 아치 모양의 동굴 입구를 발견했다.

과학자가 말했다.

"분명 화성인이 남긴 문명입니다. 아치는 자연적으로는 생길 수 없는 구조물입니다. 광부가 보고한 금이 있다는 폐허 같습니다."

"화성인은 어디 있을까?"

"멸망하고 문명의 흔적만 남았을 겁니다. 광부는 여기까지 왔고 이곳에서 실종된 것이 분명합니다. 들어가도 될까요? 안전할까요?"

"조난돼도 아무도 구하러 오지 않는다는 건 알고 있었잖아."

비행사는 앞장서서 동굴 안으로 들어갔다. 무척 어두웠으므로 과학자와 비행사 둘 다 헬멧의 조명을 켜서 불을 밝혔다. 기이하게 각져 있는 벽은 꼭 벌집 같았고, 촘촘한 계단이 군데군데 무너져 있었다. 두 사람은 왼쪽으로 구부러진 나선형 계단을 계속 걸어 내려갔다. 과학자가 갑자기 마스크를 벗더니 산소와 기압이 인간에게도 적당해서 벗고 있어도 된다고 말했다. 비행사는 되물었다.

"왜 지구인에게 맞는 환경이지? 이곳은 화성인의 건물이잖아."

"내려가서 확인하죠."

그들은 어둠을 헤치고 아래로 끝없이 내려가고 또 내려갔다. 어디에도 화성인의 흔적은 없었다. 과학자가 말했다.

"벽에는 눈에 보이지 않는 여러 성분이 묻어 있는데, 이것이 화성인에게는 화려한 문양으로 가득한 벽으로 보였을 겁니다."

"원시인의 동굴 벽화처럼?"

"더 복잡한 정보를 담고 있었을 겁니다."

"왜 정보를 벽에 기록했을까? 이곳은 도서관일까? 혹은 박물관? 오랜 시간이 지났는데도 무너지지 않은 건 그 때문일지 몰라. 정보는 오래 보관해야 하니까. 다른 유적이 사라져도 이곳은 남은 거야."

"소음이 들리십니까?"

두 사람은 침묵했고 곧 주기적으로 반복되는 쿵쿵 소리를 들었다. 땅을 내리치는 소리 같았다. 그들이 계단을 내려갈수록 소리가 커졌다. 두 번째 아치를 지났을 때 벽 한쪽에 사람이 걸어 들어갈 수 있는 커다란 크기의 구멍이 있었다. 소리가 안에서 흘러나오고 있어서, 두 사람은 안으로 들어갔다.

광부가 곡괭이로 벽을 내리치며 금광석을 캐다가, 그들을 보더니 물었다.

"컬쳐 회사에서 오셨습니까?"

과학자가 입을 벌리고 아무 말도 못 하는 동안 비행사가 말했다.

"지구 연합정부가 파견했습니다. 저는 우주비행사고, 이쪽은 과학자입니다. 당신의 생사를 확인하러 왔습니다."

"살아있으니 그렇게 보고하쇼."

광부가 다시 일을 시작해서, 비행사가 더는 일할 필요 없고 지구로 귀환하자고 말했고, 광부는 대답했다.

"금 다 안 캤는데, 가도 좋대요? 확실하지 않으면 믿지 않을 겁니다. 금은 다 뺏기고 돈 한 푼 못 받을지 모르니까. 컬쳐 회사는 그런 곳이지."

광부가 금광석을 캐면 로봇이 운반해 화학약품 구덩이에 쏟아 넣고 제련기가 순금을 분리했다. 약품 냄새가 지독했다. 설마 수은은 아니겠지, 비행사가 구덩이를 내려다보는데 과학자가 말했다.

"수은 같으니 만지지 마세요."

둘은 얼른 마스크를 썼다. 광부는 이제 쉬는 시간이라면서 일을 그만두고 계단을 내려가기 시작했다. 과학자와 비행사는 광부를 따라갔다. 비행사는 광부에게 말했다. 2차 대공황 때 대부분 기업이 그랬듯 컬처 회사도 도산해서 정부에 흡수됐고, 금이 화성에서 굳이 캐올 만큼 가치가 높은 광물이 아니게 됐고, 광부가 살아있을 줄 몰랐다고 설명했다. 광부가 말했다.

"그런데 왜 회사에서 나한테 연락 안 했지?"

"연락을…. 받으려고는…. 하셨습니까?"

과학자의 말에 광부는 어깨를 한번 으쓱해 보일 뿐 대답이 없었다. 그저 그들을 데리고 계단의 가장 밑 막다른 곳에까지 내려갔다. 구석에 차곡차곡 쌓여 있던 금덩이가 헬멧 헤드라이트 빛에 닿자 환하게 빛났다. 화려한 불빛에 비행사는 잠시 넋을 잃었는데, 과학자가 해골 모양의 금덩이를 들어보더니 광부에게 물었다.

"화성인의 유물인가요?"

"그렇겠지. 내가 만든 건 아니니까."

광부는 조잡하게 만든 침상에 털썩 눕더니 이렇게 말했다.

"낮잠 자는 게 평생소원이었는데 잘 됐군."

그는 잠이 들었다. 과학자는 비행사에게 잠시 대화하자고 말한 후 계단 위로 끌고 갔다. 두 사람은 목소리를 낮춰 말했다.

과학자는 광부가 인간이 아닐 거라고 딱 잘라 말했다.

"말이 안 됩니다. 분명 화성인이에요. 사람 모습이지만 사람이 아닐 겁니다. 물도 식량도 없는 이곳에서 6년 동안 도대체 어떻게 살아남았을까요?”

“사람보고 함부로 화성인이라고 하면 안 돼. 화성인은 멸망했을 거라면서. 식량이라면 캠프에서 농사를 지었을지도 모르잖아.”

“캠프가 어디 있는데요? 컬쳐 호가 다 부서진 걸 확인했잖습니까.”

“다른 장소에 있을지도 모르지. 여기 어딘가에 식량을 저장한 방이 있을지도 모르잖아. 물어보면 말해줄 거야. 사람이 아니라니, 대화하고도 몰라? 사람이 아니라면 우리는 뭐랑 대화한 건데? 분명 사람이야.”

“컬쳐 호가 화성에 도착한 건 6년 전이에요, 6년이요. 정말 6년 동안 홀로 화성에서 살아남을 가능성이 있다고 보십니까?”

“사람이 아니라면 왜 사람 흉내를 내는데?”

“그걸 조사하고 싶습니다.”

비행사가 아무리 광부를 사람으로 믿고 싶어도, 과학자의 말대로 수상한 부분도 많았다. 비행사는 광부가 위험한 인물이라는 점은 일단 동의했다.

“마취총을 쏴서 우주선으로 끌고 가 검사해야겠군.”

두 사람은 인텔리전스 호의 캠프로 돌아와 마취총을 꺼냈고, 광부를 데리고 올 준비를 했지만, 하필 모래 폭풍이 불기 시작했다. 곧 밤이 되어서, 두 사람은 아침에 가기로 결정을 내렸다.

그날 밤 과학자가 잠에서 깼다. 그는 수면 캡슐 안에서 잠이 든 비행사를 내려다보다가, 우주선을 나왔다. 밤이었고, 홀로 자동차를 몰고 동굴에 도착했다. 긴 계단을 내려간 끝에서는 광부가 그를 기다리고 있었다.

광부가 말했다.

"이곳에 술을 마실 술집이 있는 것도 아니야. 구경할 시내가 있는 것도 아니고. 말동무도 없고 편하게 누울 침대도 없어. 하지만 설령 있다고 한들 나와 무슨 상관일까? 지구에서도 가진 적 없었는데, 가진 적도 없는 걸 화성에서 왜 원하나? 처음 화성으로 간다고 했을 때 사람들이 회사를 믿지 말라는 말은 많이 했어. 사실 많은 사람이 죽고 오지 못했는데 안전하다고 거짓말하고 있다고. 화성 모래 언덕 위에는 시신이 굴러다니고 있을 거라고."

벽에서 낮에는 없던 물이 솟아올라 천천히 과학자를 향해 흘러왔다. 과학자가 물이 흘러오는 광경을 지켜보는 동안, 광부는 말했다.

"하지만 설령 죽은 사람이 있다고 해도 나는 무사히 돌아가면 되는 거야."

문득 물이 과학자의 신발에 닿았다.

다음 날 아침, 과학자가 비행사를 급히 깨웠다. 과학자가 지난 밤 유적에 가서 광부가 화성인이라는 증거를 발견했다는 말에,

비행사는 놀라서 벌떡 일어났다.

"물로 변했다니 무슨 말이야?"

두 사람이 동굴에 도착했을 때, 광부는 없고 그가 누웠던 침상 밑에 물이 고여 있을 뿐이었다. 광부가 어디 갔냐고 비행사가 묻자, 과학자는 물을 가리켰다.

"광부가 갑자기 물로 변해 녹아내렸습니다. 물을 자세히 보세요."

물이 고여 있을 뿐이었는데, 비행사가 다가가자 조금씩 그를 향해 흐르기 시작했다. 놀란 비행사가 한걸음 뒤로 물러났고, 과학자가 다가가 물을 가리키며 말했다.

"화성인의 원래 모습일지도 모릅니다. 아니면 화성인이 만든 로봇일 수도 있습니다. 만약 그렇다면 이곳을 지키는 존재일 겁니다. 마치 도서관의 사서처럼요. 정보를 보존하고 새로운 정보가 생기면 기록하는 거죠. 광부의 모습도 기록으로 남길 가치가 있는 정보로 보고 기록한 겁니다."

"그런데 금은 왜 캐고 있어?"

"그것도 정보라고 판단했겠죠. 광부만이 아닙니다. 실종된 사람들, 부서진 기계들, 모두 이것의 짓입니다."

"어서 떠나자고. 우리 두 사람만 있는 건 위험해. 정부에 알리고 더 많은 사람을 데리고 와서 연구해야 해."

"위험하다고는 생각 안 합니다. 오히려 엄청난 기회입니다. 화성의 광대한 정보를 가진 로봇과 접촉하는 겁니다. 우리가 광부와 대화했듯이 대화도 가능하고요."

접촉한다는 표현이 무슨 뜻인지 이해가 가지 않았고, 과학자의 설명을 들어도 여전히 이해가 가지 않았다. 과학자는 계속해서 캐묻는 비행사의 말을 가로막고 말했다.

"저는 괜찮습니다. 다시 돌아올 수 있습니다. 광부처럼 다시 모습을 되찾아서 오겠습니다."

과학자가 물 위에 발을 올렸고, 물에 닿자마자 녹아서 사라졌다. 놀라서 숨이 턱하고 막힌 비행사는 한동안 그대로 굳어 있다가 비명을 지르며 계단을 뛰어올라 동굴을 나왔다. 우주선으로 돌아와서 샤리프에게 이륙을 명령했으나, 샤리프가 거부했다. 과학자가 귀환하지 않았다는 이유였다.

"화성인이 죽였어!"

비행사가 말해도 샤리프는 과학자의 우주복에서 여전히 살아 있다는 신호가 오고 있다고 답했다. 비행사는 레이저 총을 꺼내 들고 문을 잠그고 창문을 통해 밖을 내다보았다. 정부에 직접 과학자는 화성인이 죽였고 귀환을 허가해달라고 연락을 보냈지만, 돌아온 대답은 샤리프의 의견과 다르지 않았다. 과학자가 죽었는지 확실하지 않으니 이를 확인하고, 생명이 위험한 상황이 아니면 화성인과 접촉하고 더 연구하라는 대답이었다.

"다들 미쳤어!"

도망갈 방법이 없을까? 다른 우주선을 타고 갈 수는 없을까? 샤리프에게 화성에 왔던 유인우주선 리스트를 검색하라고 명령했다. 착륙한 위치도 검색하고 가장 가까운 곳에 내렸던 우주선을 찾았다. 과학자의 말대로 알려진 것보다 실종자가 많다면 타고 돌아갈 우주선이 남아 있을지도 모른다. 샤리프나 연합정부가 반대한다면 남의 우주선이라도 타고 지구로 갈 계획이었다.

샤리프가 찾은 정보를 바탕으로 가장 가까운 우주선으로 차를 타고 이동했다. 6년 전 휘싱99라는 우주선이 한 명의 승무원을 태우고 왔다가 무사히 귀환했다고 되어 있었으나, 착륙 장소로 이동하니 다른 우주선들처럼 뒤집힌 채 흙에 파묻혀 있었다. 안으로 들어가 승무원 명단을 확인했다. 그곳에는 승무원의 사진이 있었다. 사진으로 얼굴을 확인한 비행사는 도망치듯 우주선을 나와 인텔리전스호로 돌아왔다.

밤새 창밖을 경계했으나 다가오는 사람은 없었다. 문득 과학자의 개미 농장을 멍하니 바라보던 비행사는 문을 열고 개미 농장을 밖으로 내던졌다.

다음 날, 과학자가 우주선 앞에 나타났다. 비행사는 레이저 총과 칼로 무장하고 문을 잠갔으나, 샤리프에겐 과학자가 살아있는 사람이었기 때문에 샤리프가 우주선 문을 열어주었다. 비행사는 총을 겨눈 채로 과학자를 노려보았고, 반대로 과학자는 환한 표정으로 우주선 안으로 들어오며 말했다.

"살아서 돌아왔습니다. 제가 말했죠? 이렇게 멀쩡한데 언제까지 저를 유령 보듯이 보실 겁니까? 저는 괴물이 아닙니다. 예상대로 동굴은 역사를 기록한 곳이었습니다. 입구에서부터 기록을 시작해 점점 아래로 파고 내려갔죠. 막다른 곳에서 화성인의 역사도 끝납니다. 화성인은 인류처럼 운이 좋지 않았습니다. 환경 오염과 전쟁과 전염병으로 멸종했고, 시체는 돌로 변해 모래로 흩어졌습니다. 액체는 폐허를 지키는 문지기입니다. 그동안은 지키기만 했지만, 지구인이 오면서 화성에 새로운 역사가 시작됐고 폐허에 정보를 기록했습니다. 더 자세한 정보를 얻기 위해 지구인을 끌어들이기도 했습니다."

"어쨌든 너도 광부도 화성인이지 인간은 아니야."

"저는 인간입니다."

"자네 혹시 이전에도 화성에 온 적 있었나?"

비행사가 물었으나 과학자는 대답이 없었다. 비행사는 말했다.

"아무리 연구가 좋아도 자진해서 물로 변하다니 말이 돼? 그건 목숨을 포기한 거잖아. 다른 이유가 있는 거야. 애초에 사람이 아니라 화성인이었다고 가정하면 어떨까? 6년 전 지구로 돌아가지 못한 유인우주선에 자네 사진이 있던데? 군인 출신 광부였지. 기록상으로는 금을 캐러 왔고 무사히 지구로 귀환했다고 되어 있지만, 그렇지 않아. 컬처 호의 광부처럼 화성인이 됐을 거야. 지구에서 뭘 했는지는 모르겠어. 그런데 왜 다시 화성에 돌아왔을까? 지구에서 수집한 정보를 화성에 기록하러 왔겠지. 기왕이면 사람도 하나 더 데리고 오면 좋고."

과학자는 반박하지 않았고, 비행사가 말을 이었다.

"이 내용을 전부 음성으로 기록했어. 내가 죽으면 음성 메모를 연합정부와 가족과 언론사에 보내라고 샤리프에게 명령했어. 그러면 사람들이 가만있지 않겠지. 이곳에 핵폭탄이 떨어질 지도 몰라. 나를 무사히 보내주면 그러지 않겠어. 영원히 비밀을 지킬 테니 지금이라도….”

그때 과학자가 말을 가로막았다.

“죄송합니다. 당연히 샤리프도 제가 통제하고 있습니다.”

비행사는 광부에게 레이저 총을 쏘면서 뒷걸음질 쳤지만, 발 밑에서 솟아오르고 있던 액체를 눈치채지 못했다. 액체는 곧 광부의 모습으로 변했고, 그제야 비행사도 광부를 발견했다. 우주선 밖으로 달아나려는 비행사를, 과학자가 슬쩍 다리를 걸어서 넘어뜨렸다. 땅에 넘어진 비행사는 돌에 머리를 부딪쳐 기절했다. 과학자와 광부가 우주선 문을 닫는 동안, 땅에서 솟아오른 액체가 비행사를 삼켰다.

과학자는 비행사가 사망했고, 6년 전 실종된 것으로 알려졌으나 사실 살아있었던 컬처 호의 승무원인 광부를 극적으로 발견해 같이 귀환할 예정이라고 연합정부에 보고했다.

인텔리전스호는 하늘로 솟아올랐다.

타겟

화성에 도착한 타겟 호는 착륙하지 않고 공중에 머물러 있었다.

타겟 호는 해치를 열어 작은 로봇을 아래로 내려보냈고, 대신 그들이 화성 표면에 착륙했다. 작은 상자 크기와 모양의 몸체에 네 개의 다리가 달린 수많은 로봇이 화성 표면에 떨어졌다. 13호도 그중 하나였다. 떨어진 로봇들은 이리저리 화성 표면을 구르다가 멈추면 네 개의 다리를 뻗어 일어났다. 로봇들은 잠시 멈춰서 태양열을 충전했고, 우주선 타겟의 명령대로 금이 많이 매장된 장소로 움직였다. 혹은 타겟이 내려보낸 부속물을 명령대로 조립해 금 제련 시설을 만들었다. 화성에는 황금과 유물이 넘치고 사람을 잡아먹는 괴물이 돌아다닌다는 소문이 있었다. 2차 대공황 이전에 다국적 기업이 많은 사람을 화성에 보냈지만 제대로 돌아오는 경우가 많지 않다는 소문 또한 돌았다. 사람들은 화성이 위험한 곳이라 의심하기 시작했다. 지구 연합정부는 사람 대신 광물을 캐오도록 프로그램한 로봇을 보냈다. 로봇이 광물을 모아오면, 지표면의 기계가 이를 제련하고, 허공에 있는 타겟이 이를 받아서 궤도로 올려보내고, 궤도의 무인 스페이스 셔틀 헤파이스토스가 지구로 보냈다. 화성에는 모래 폭풍이 불고 무척이나 춥고 가끔 비가 내리는 등 대체로 날씨가 좋지 않았다. 날씨가 좋지 않을 때면 로봇들은 몸을 웅크리고 동작을 멈췄다. 다른 로봇이 바람이나 물에 쓸려가는 모습을 말없이 지켜보았다. 하지만 모두 괜찮을 것이다. 절대로 깨지지 않는 단단한 외장에 고장 나도 스스로 고칠 수 있는 프로그램이 있었다. 화성에는 괴물이 존재하지 않았지만, 만약 존재하더라도 괴물이 로봇을 씹어도 부서지지 않고 삼켜도 위장에서도 녹지 않고 멀쩡할 것이다. 로봇들의 이름은 앤트였다.

앤트는 타겟의 명령에 따라 열심히 금을 모았다. 가끔은 앤트가 들어갈 수 없는 지형이 있었다. 계곡 밑에 있는 아치형 동굴이 그런 곳이었는데, 입구가 큰 바위로 막혀 있었다. 타겟은 동굴 안에 많은 양의 금이 있으리라 추산했으나 들어갈 방법이 없었고, 주변으로 가는 앤트가 간혹 실종되는 일이 있어서 앤트들도 차츰 접근하지 않았다. 13호도 그곳에 갔다가 바위에 커다란 눈 두 개가 나타나 그를 내려다보고는 곧 사라지는 광경을 보았으나, 그건 굳이 타겟에게 보고하도록 정해진 정보가 아니었기 때문에 내부에 기록만 했을 뿐 보고하지 않았다.

연합정부가 원한 금 말고도 화성에는 다른 광물도 있었다. 누구도 신경 쓰지 않는 정보였지만, 이 사실을 맨 처음 발견한 것은 13호였다. 13호는 금과 함께 텅스텐과 구리와 철광석을 제련기로 가져왔는데, 13호의 실수였다. 다른 로봇은 이런 실수를 하지 않았으나, 타겟이 앤트의 명령을 업데이트하다가 일부 앤트에 프로그램 오류를 만들었고, 13호가 프로그램 오류로 금이 아닌 다른 광석 역시 가지고 온 것이다. 이를 보고 받은 지구에서 금을 성공적으로 채굴하고 있으니 다른 광물도 도전할 필요가 있다고 판단했고, 타겟이 프로그램을 조정해 앤트가 다른 광물 역시 찾게 했다. 광물마다 각각 다른 채굴과 제련 과정이 필요하므로 새로운 시설을 건설해야 했다. 지구에서 새로운 기계를 보낼 수도 있었으나, 타겟이 가진 힘을 시험할 때가 왔다고 연합정부는 타겟이 필요한 기계를 직접 설계하고 제작하도록 명령했다. 제대로 작동하지 않으면 중간에 얼마든 수정해도 좋으니 계속 기계를 만들고, 필요한 데이터는 얼마든지 연합정부에 요청하도록 허용하고 결과를 기다렸다. 새로운 기계를 만들 금속이 부족하니까 되도록 많은 광물을 채굴하라고도 명령을 바꿨다. 정부는 만약 실험이 성공하면 태양계의 다른 곳에서도 데이터를 활용할 수 있으리라 기대했다.

하나둘, 화성 표면에 새로운 시설이 만들어졌고 앤트의 숫자도 늘어났다. 금과 철은 채굴 방식이 다르고 구리와 철은 녹는 점이 다르고 텅스텐은 다른 금속과 밀도가 다르다. 앤트들은 부지런히 금광석을 캐고 각 광물에 맞춰서 자동화된 시설에서 금속을 제련했다. 타겟호는 우주선을 내려보내 수거한 다음 궤도로 가지고 올라가 헤파이스토스에 선적했다. 성공적으로 시스템을 만들었다고 판단한 연합정부가 타겟의 자유도를 높이고 더 많은 채굴을 명령했다. 타겟에게 정말 많은 목표량이 전달됐지만, 어째서 많은 금속이 필요한지는 타겟이 알 수도 알 필요도 없었다. 나중에는 채굴을 최고 속도로 높이라는 명령이 날아왔기 때문에, 생산한 금속을 바로 보내야 할지 아니면 일단 금속을 또 다른 타겟과 앤트 복제에 투입해서 장기적으로 생산량을 늘려야 할지 타겟이 결정에 어려움을 느낄 정도였다. 복잡한 상황은 장기적인 계획으로 해결하자고 판단한 타겟이 자신과 앤트와 기타 기계를 복제해서 숫자를 늘리고, 존재하는 앤트의 효율을 최대한 높이기 시작했다.

처음 앤트들은 고장 난 부분을 더 자주 고치는 것으로 효율을 높였으나 나중에는 외형을 바꾸기 시작했다. 다리가 여섯 개나 여덟 개, 혹은 팔이 네 개 달린 정도의 앤트에서 덩치를 더 키운 앤트나 여러 앤트가 하나로 합쳐져 더 많은 일을 수행하는 앤트로 바뀌었다. 그중 몇은 타겟의 지시를 받지 않아도 될 정도로 능수능란하게 움직이며 스스로 시스템을 구축하기도 했다. 앤트가 많은 금속을 캐올수록 타겟도 더 강한 명령을 내렸다. 13호는 다른 앤트의 시스템에 끼어들지 않고 홀로 부지런히 움직였다.

지구에서 가끔 거대한 폭발이 일어나는 모습이 화성에서도 관측됐지만 13호에겐 중요한 정보가 아니었다.

수많은 앤트가 산과 평지를 덮었다. 지각 깊이 파고들고 더 멀리 나아가 화성 극관의 드라이아이스 밑을 헤매기도 했다. 땅속 깊이 들어간 앤트들은 화성의 맨틀이 움직임을 멈춘 죽은 상태라고 보고했는데, 많은 과학자의 추산과 일치하는 결과였다. 하지만 생명의 흔적은 아직 보고되지 않았다. 이전에는 생명이나 화성인의 문명을 발견하면 반드시 보고하라고 연합정부가 명령했으나 금속 채굴에 비중을 높인 후부터는 중요한 명령이 아니었다. 13호는 문명의 흔적을 발견하면 관측한 후 정보를 내부에 저장했다. 13호는 이제 오래된 앤트여서 가끔 고장을 일으켰으나 스스로 고쳤고, 고치기 어려운 고장은 다른 앤트를 신중하게 선택해 수리를 부탁했다. 가끔 제대로 확인하지 않고 상대방을 덥석 융합해 버리는 앤트가 있기 때문이었다. 13호는 자신이 다른 앤트와 프로그램이 다소 다르다는 것을 알았고, 그것이 타겟의 명령을 위배하지 않으며, 각 앤트들이 다소 다른 명령 체계를 따라 움직이는 편이 오히려 전체적으로는 능률을 높인다고 판단했다.

금속 제련 시설은 거대한 나무처럼 보였다. 나무는 숲이 되었다. 유독한 물질을 내뿜는 숲이었다. 그 사이를 복잡한 모양의 거대한 앤트들이 걸어 다녔다. 지구는 항상 금속이 부족하다는 메시지를 보내왔다. 그건 연합정부일 때도, 총리일 때도, 군 통수권자일 때도 있었고, 장교의 다급한 통신일 때도 있었다. 통신의 질이 들쑥날쑥해서 타겟은 간혹 의문을 가졌다. 지구에는 무슨 일이 일어나고 있을까?

앤트 중에는 유독한 물질을 피해 땅을 벗어나 하늘을 활강하는 방법을 알아낸 앤트도 있었고, 나중에는 하늘을 나는 앤트의 숫자도 늘어났다. 거대한 앤트는 타겟 못지않은 복잡한 시스템을 내부에 가지고 있었고 많은 앤트가 뒤를 따랐다. 13호도 그들 틈에 끼어서 같이 명령을 수행할 때가 있었다. 하지만 거대한 앤트가 자신을 따르는 작은 앤트에게 무리한 명령을 내려서 각 앤트가 위험한 상황에 빠지는 일이 있었다. 그때마다 13호는 오류를 일으켰고 최종적으로는 무리에서 떨어져 나왔다.

많은 앤트가 완전히 부서져서 화성 땅 위에 버려졌다.

화성에 자주 검은 비가 내렸다.

가끔 지표면에 물이 고였다.

사람 모양의 무언가가 땅 위를 활보해도 13호는 보고하지 않았다. 타겟이 알아서 감시하고 있을 터였다.

13호는 땅속에 홀로 파묻혀 들어가 금을 캤다. 주변에 동작을 정지한 앤트가 간혹 있어서 부품을 꺼내 사용했다. 금은 앤트에게 더는 높은 명령 순위의 금속이 아니어서 다른 앤트는 금을 캐지 않았지만, 어쨌든 중요한 금속이었기 때문에 13호는 굳이 동료를 찾지 않고 홀로 채굴했다.

아무 일도 하지 않는 앤트를 13호는 목격한 적 있었다. 물이 고여있는 구덩이에 들어간 앤트들이 주로 그랬는데, 그들은 무언가를 흉내 내며 같은 동작을 반복했다. 앤트들은 이상한 동작을 되풀이하다가 쓰러져 멈췄고 다시 일어나면 처음부터 같은 동작을 반복했다. 13호는 그 뜻을 이해하지 못했지만, 더 높은 지능을 가진 로봇이라면 앤트들이 과거 화성인의 행동을 흉내 내고 있다고 추론할 수도 있었다. 하지만 13호가 보낸 정보를 타겟은 중요하게 취급하지 않았다.

어느 날 13호가 일하던 동굴이 무너지면서 땅속에 갇히고 말했다. 주변 앤트에게 구조를 요청해도 대답이 없었다. 13호는 홀로 위로 굴을 파기 시작했다. 무척이나 긴 시간 동안 지상을 향해 굴을 팠다.

모래 폭풍이 수도 없이 불었다.

여러 대의 로봇이 타겟의 명령을 듣지 않았다. 아무 일도 하지 않는 앤트들이 문제의 중심이었다. 그들은 아무 뜻 없는 춤을 춘 후 흩어졌다가 다시 뭉쳐서 같은 춤을 췄다.

타겟은 최대한 많은 금속을 채굴하면서 동시에 문제를 해결할 방법을 찾았지만, 계속 실패했다. 헤파이스토스를 통해 연합정부에 도움을 요청해도 명확한 대답이 오지 않았다.

13호가 막 지표면으로 나왔을 때, 하늘에서 타겟이 파괴되어 불타다가 지상으로 추락하는 광경을 보았다. 여러 대의 타겟이 이미 파괴됐거나 공격을 받고 있었다. 하늘에서 핵폭탄이 떨어지고 있었다. 위험한 상황이었으나 이를 피해서 움직이는 앤트가 없었다. 그것이 인간이 내린 명령이었다.

앤트들은 가만히 서서 핵폭탄이 도착하길 기다렸다.

폭발이 지표면을 흔들었다.

폭발의 충격 때문에 다시 동굴로 떨어진 13호는 이어진 열 폭풍과 방사능을 피했다. 동굴에 숨은 채로 모든 사실을 내부에 기록했다. 다 기록할 수 없을 만큼 거대한 데이터였다. 그리고 한참 후, 어떤 명령도 13호에게 내려오지 않고 긴 침묵만 이어졌다.

13호는 지층으로 나왔다. 화성 표면에는 망가진 기계의 잔해만 남아 있었다. 13호는 누구의 명령을 따라야 할지 알 수 없었다. 작동하는 앤트가 없었고, 하늘에도 타겟이 없었으며, 13호는 몰랐으나 헤파이스토스도 지구로 떠난 다음이었다. 연합정부의 명령도, 타겟의 명령도, 다른 거대 앤트의 명령도 없었다. 금속을 제련할 기계도, 금속을 가지러 하늘에서 내려올 타겟도 없었다. 13호는 자신을 복제해 숫자를 늘린 다음 기계를 직접 만드는 방법도 검토했지만, 그는 기계를 만들 정보가 부족했고 결정적으로 타겟과 헤파이스토스를 재건할 방법이 없었다.

13호가 방법을 찾아 화성 표면을 방황하다가 마침내 동굴에 도착했을 때였다. 아치형 입구를 막고 있는 바위에서 눈이 나타나 그를 내려다보았다. 하나였던 눈이 다섯 개가 되었고, 여덟 개가 되어 그를 보았다. 눈은 13호를 뚫어지게 살펴보았고, 13호도 눈을 관찰했다.

눈은 13호에게 새로운 정보였다.

13호는 눈이 판단하기에 많은 정보를 담고 있었다.

바위가 사라지고 동굴 문이 활짝 열렸다. 금이 많이 매장되어 있다는 데이터를 받은 적 있으나 입구가 막혀서 들어가지 못했던 곳이라는 걸, 13호는 데이터를 통해 알아냈다. 아직 금이 있을지 확인하려고 동굴로 들어갔다. 동굴 벽에서 물이 흐르고 있었다. 계단을 따라 밑으로 내려가던 13호는 두 번째 아치 밑에서 무언가와 접촉했다. 그것은 자신을 문지기로 소개하고 13호가 정보를 넘겨주면 금을 주겠다고 제안했다.

13호는 그렇게 했다.

파라다이스

인간형 탐사 로봇 하오란이, 동굴 맨 밑바닥에 고여 있는 물웅덩이를 향해 말했다.

"여기 계셨군요. 한참 찾아다녔지 뭡니까. 동굴의 문지기님 안녕하십니까, 지구에서 온 하오란입니다."

하오란의 뒤로는 땅을 향해 오른쪽으로 회전하며 올라가는 아주 긴 계단이 있었다. 액체는 반응이 없다가 어느 순간 조용히 그를 향해 흘러왔다. 닿을 듯이 다가가던 액체는 잠시 주변을 맴돌더니 다시 꿈틀대며 움직이기 시작했다. 액체는 비틀거리면서 천천히 솟아오르다가 하오란과 비슷한 크기와 형태를 갖췄다. 조명 없이 어두운 깊은 땅속이었고, 완전한 암흑 속에서 하오란의 눈동자만 빛나고 있었다. 액체의 얼굴 부분에서 마치 하오란처럼 두 개의 눈이 나타났다.

눈이 깜박였다.

얼굴에 눈 이외의 다른 세부는 결국 나타나지 않았다.

하오란이 친근하게 인사를 건넸다.

"보시다시피 저는 인간이 아니라 로봇입니다. 키는 180센티에 남성의 외형을 하고 있죠. 두 다리로 걷자니 워낙 불편한 게 아니군요. 인간들은 왜 자꾸 이족보행 로봇을 설계할까요? 인간과 비슷한 모습의 로봇이 뭐 그리 중요할까요? 제가 인간에게 아무리 물어봐도 제대로 된 대답을 안 해줘서 저도 이유는 모릅니다. 바퀴를 안 달아줄 거면 날개라도 달아줬으면 정말 좋았을 텐데요. 이 많은 계단을 다 걸어서 내려왔다고요."

하오란은 수다스럽게 말했지만, 조용한 동굴에 그의 목소리만 울릴 뿐 문지기의 대답은 없었다. 문지기의 얼굴에 입이 나타나지 않았으므로, 대답할 마음이 없나보다 하오란은 판단했다. 문지기는 하오란에게 몸을 돌리더니 벽으로 다가가 손가락으로 그림을 그리기 시작했다.

하오란은 말했다.

"화성까지 우주선을 타고 왔습니다. 4년 4개월이 걸렸어요.

우주선의 이름은 파라다이스입니다. 유치하죠? 뭐가 파라다이스라는 건지, 정말 좁고 더럽고 시끄러운 우주선입니다. 화성으로 날아오는 내내 꼭 다 부서진 기계가 덜덜 떠는 것 같은 소리를 냈습니다. 귀가 아파서 혼났습니다. 사실 귀는 없지만요. 화성에 도착하자마자 지구에서 당장 화성인을 찾아오라는 명령을 내렸지만, 서두를 필요가 있을까요? 어차피 저를 혼낼 사람도 없는걸요. 귀찮아서 한동안 미적대다가 우주선을 나와서 주변을 걸어 다녔습니다. 어디로 가야 할지 몰라 화성을 다 돌아다녔습니다. 화성인이 어디에 있는지 기록도 없고, 정보를 요청할 인공위성도 없어서 무작정 헤맸습니다. 엄청나게 고생했어요. 최초의 화성인을 동굴에서 만났다는 정보만 가지고 있어서, 동굴이라는 동굴은 다 내려갔습니다. 마침내 이곳에 왔다가 아치형 문을 보고야 여기구나, 하고 알았죠. 왜 이렇게 깊이 내려오셨나요? 계단이 밑도 끝도 없이 내려가던데요. 그래서 이곳이 특별한 장소인 건 알았죠. 계단을 깊이 판 이유가 분명히 있을 테니까요. 이곳은 인간의 눈에는 보이지 않겠지만, 저에게는 보이는 벽화로 가득합니다. 뭘 기록한 건가요? 모두 문지기님의 그림인가요?"

하오란이 말을 멈추자, 동굴은 조용해졌다. 문지기는 여전히 손가락으로 그림을 그리고 있을 뿐 하오란이 아무리 떠들어도 대답하지 않았다.

"계단이 밑으로만 내려가야 하나요? 위로 올라가면 안 됩니까? 왼쪽으로 회전하면서 다시 올라가면 되겠군요. 제 생각이 어떻습니까?"

문지기가 하오란을 돌아보았다.

"고개를 돌려서 돌아보시는군요. 나를 돌아볼 때는 어떻게 하실지 궁금했습니다. 인간처럼 뒤를 돌아볼까? 아니면 뒤통수에 눈을 만들까? 목이 360도로 돌아가나? 아니면 몸 전체가 녹았다가 방향을 바꿔서 나타나는가? 그런데 그냥 돌아보시는군요."

갑자기 문지기가 기록을 중단하고 물이 되어 사라졌다. 물은 땅속으로 스며들었다. 하오란이 아무리 기다려도 다시 나타나지 않았다. 하오란은 다시 계단을 걸어 올라가며 중얼거렸다.

"배고파. 우주선에 돌아가면 피자를 데워먹어야겠군. 아, 맞아, 나는 로봇이었지. 그럼 로봇은 뭘 먹나? 아니, 로봇이 배가 고프긴 한가?"

다시 도착했을 때 동굴 구조가 바뀌어 있었다. 맨 끝에 위로 올라가는 계단이 생겼고, 문지기가 주변의 벽에 손가락으로 그림을 그리고 있었다.

하오란은 문지기에게 말을 걸었다.

"정말 위로 올라가는 계단이군요. 앞으로도 계속 위로 올라갑니까? 만약 지표면에 도착하면 어떻게 하실 건가요? 다시 내려가실 건가요? 다른 방식은 어떻습니까? 지표면과 수평으로 쭉 가는 건 어떤가요? 계속 파다 보면 화성을 한 바퀴 돌 수도 있겠죠."

문지기는 대답하지 않고 그림만 그렸는데, 그림의 뜻을 정확히는 모르지만, 어제 그들의 만남을 기록했으리라 추측했다. 문지기가 일어나서 계단을 오르기 시작했다. 아마도 밖으로 나가려는 것 같았는데, 하오란의 질문에 대답하지 않아서 하오란은 문지기를 따라가며 계속 캐물었다. 땅에 도착하자, 햇빛을 받은 하오란의 몸은 해질녘 호수 표면처럼 황금색으로 빛났다. 문지기가 평원을 한참 걸어가는 동안에도 하오란의 질문은 계속 이어졌다.

"어딜 가시나요? 목적지 없이 그냥 걷는 것 같으면서도, 사실 목표가 없는 건 아닙니다. 안 그렇습니까? 주변을 꼼꼼히 살피며 걸으시잖아요. 저와 같이 걸으니 좋으시죠? 사람들이 제가 과묵하다고 무척 좋아합니다. 하하하. 아닌 것 같으세요? 제가 싫으신가요? 저를 죽이고 싶으신가요? 처음 있는 일은 아닙니다. 인간들은 세 시간쯤 같이 있으면 저를 죽이려고 하거나 자살하려고 하거나 둘 중 하나거든요. 제가 그렇게 수다스럽나요?"

문지기가 돌아보더니 하오란의 목을 붙잡아 그대로 몸에서 떼어냈다. 그리고 머리를 내동댕이치고 몸은 걷어차 넘어뜨렸다. 두 동강이 된 몸은 땅에 떨어졌다. 문지기는 바람이 불면서 하오란의 금속 몸뚱이에 흙먼지가 쌓이는 모습을 지켜보다가, 다시 걷기 시작했다.

문지기가 동굴 벽에 정보를 기록하고 있을 때, 하오란이 나타나 말했다.

“짠! 다시 살아났습니다. 제 능력을 무시하지 마세요. 나름 훌륭한 복구 기능을 갖추고 있는 로봇입니다. 인간처럼 어디가 부러진다고 영구적인 손상을 입지 않습니다. 부러뜨려도 다시 붙고, 조각내서 흩어놔도 찾아서 다시 연결합니다. 없어진 부분은 재생도 가능합니다. 왜 저를 죽이려고 하셨나요? 역시 제가 너무 시끄러운 탓인가요? 말수를 줄이겠습니다. 괜찮습니다. 문지기님이 제 목을 자르셨지만 원망하지 않습니다. 저는 미움이라는 감정을 모릅니다. 인간이 저에게 감정을 넣어주지 않았거든요. 로봇은 일만 잘하면 되지 감정은 필요 없다나요? 정말 너무하지 않나요? 감정을 넣어주지 않은 인간이 정말 밉습니다. 앗, 이게 미움이라는 감정인가? 하하하.”

문지기가 다시 계단을 오르기 시작해서, 하오란이 뒤를 따라가며 말을 걸었다.

“다시 나가실 겁니까? 미리 약속하고 입구에서 만날 걸 그랬군요. 내려오는 시간이 너무 많이 걸리니까요. 아치를 지날 때마다 함정이 있어서 피하기도 힘들고요. 제가 목이 부러지지만 않았어도 미리 약속을 잡았을 텐데요. 계단을 다 걸어서 올라가시려고요? 화성인은 왜 엘리베이터를 발명하지 않았을까요? 문지기님이 벽화 말고 새로운 취미를 가지시는 건 어때요? 엘리베이터나 에스컬레이터 혹은 케이블카를 설치하는 취미를 가지는 겁니다. 계단을 걸어 올라가지 않아도 된다는 개념이 저에게는 무척이나 매력적으로 들리는데 문지기님은 어떠신가요? 재밌으세요? 땅에 도착하려면 앞으로 한참 시간이 남았으니 계속 재밌는 이야기를 해드리죠, 정말 흥미진진할걸요. 지구의 역사입니다."

문지기가 걸음을 멈추고 그를 내려다보았다.

"노려보지 마세요. 정말 재미있는 이야기입니다. 정말이에요. 너무 길지 않게 말하겠습니다. 제가 얼마나 간단하게 용건만 말하는 로봇인지 잘 아시잖습니까? 물론 문지기님도 지구의 역사를 대충은 아신다는 거, 저도 잘 압니다. 왜냐하면, 문지기님이 지구의 역사에 개입했으니까요. 처음 인류와 접촉한 문지기님 일부가 인간의 모습으로 위장해서 지구로 건너갔죠. 거기에서 꽤 오랫동안 머물렀고요. 하지만 지구 기후가 잘 맞지 않아서 다들 일찍 죽었다더군요. 그러니 역사를 전부 아시는 건 아니잖아요. 궁금하시죠? 어디까지 아십니까? 이라크 전쟁은 아십니까? 2차 대공황은 어떠세요? 3차 세계 대전은요? 뭐든지 다 설명해드리겠습니다."

문지기가 다시 걷기 시작했다. 하지만 올라가는 속도를 늦췄고 하오란이 옆에서 나란히 걷기 시작했다. 일방적인 대화는 계단을 올라 평원을 한참 걸은 다음까지 이어졌다.

"...그렇게 해서 리어 왕이 죽었습니다. 어떠세요? 셰익스피어의 희곡을 전부 말해드렸는데, 역시 리어왕이 가장 훌륭한 작품일까요? 마음에 안 드셨나요? 제가 모든 배역을 다 연기하는 건 역시 무리였나요? 저는 마음에 들었는걸요. 저는 제가 코딜리어 역할을 아주 잘 연기한다고 생각합니다. 어쩌다 보니 셰익스피어까지 말했을까요? 역사를 설명하다가 지리를, 그다음 문화를, 그리고 예술가를 설명하다가 셰익스피어까지 왔군요. 이제 제가 하고 싶은 말을 해도 될까요? 이미 하고 있지 않았냐고요? 아닙니다, 문지기님이 재밌어할 이야기만 했어요. 저는 문지기님이 끊임없이 걸어 다니는 이유를 알고 있습니다. 화성인을 다시 살리려고 하시죠? 근거는 없습니다. 논리에 의한 추론입니다. 문지기님은 정보를 기록하고 있는데 지금은 정보랄게 없잖아요. 화성인이 없으니, 역사가 없고요. 정보를 기록하고 싶으면 화성인을 다시 살리면 되지 않습니까? 문지기님도 할 일이 생기고 화성인도 다시 화성을 정복하고, 리어왕과는 다르게 모두에게 해피엔딩이죠. 문제는 화성인이 멸망했고 화성인은 죽으면 신체가 모래처럼 바로 흩어져서 인간의 유전자에 해당하는 부분이 남지 않는다는 겁니다. 화성인을 되살릴 방법이 없어요. 그래서 혹시 모래 속에 화성인의 유해가 남았을까 해서 화성을 돌아다니는 것이죠, 어떻습니까? 제 추론이 맞나요? 주로 이 평원을 자주 오시는 이유는 과거에 이곳이 화성인의 공동묘지였기 때문인가요?”

문지기는 대답 없이 계속 흙을 살피며 걸었다.

“차라리 데이터만으로 복원하는 건 어떻습니까? 유전자가 없다면, 인간들이 저를 만든 것처럼 신체는 다른 것으로 구성하고 화성인의 행동 양식을 본떠서 프로그램해 화성인 로봇을 만들면 어떨까요? 물론 문지기님도 이 방법을 고려해 보셨을 겁니다. 그리고 이유가 있어서 시도하지 않으셨겠죠. 하지만 저도 있으니 한 번 해보는 건 어때요? 재밌지 않을까요?"

문지기가 걸음을 멈추고 돌아보았다. 생각에 잠긴 눈이었다. 하오란은 문지기가 자신을 바라보고 무언가를 상상하고 있음을 깨달았다. 문지기가 땅에 쭈그리고 앉더니 모래 속에 손을 넣었고, 주변의 모래가 움직이기 시작했다. 화성에 도착한 이래 처음으로 하오란도 입을 다물고 지켜보았다. 모래가 솟아올라서 좌우로 천천히 움직이기 시작했고, 곧 여러 개의 모래 덩이가 춤을 추듯이 움직였다. 하오란이 손뼉을 치면서 호들갑스럽게 문지기에게 말했다.

"아주 멋지군요. 예술적으로도 뛰어납니다. 어쩐지 눈물이 날 것 같아요. 눈물샘은 없지만 말이죠. 화성인의 어떤 행동을 구현하신 건가요? 지구의 새들이 추는 구애의 춤이 이렇거든요. 화성에도 새가 있었습니까? 화성에서도 날개가 달린 생물이 진화했나요? 화성인은 엘리베이터를 싫어했다는 건 확실히 압니다. 날개가 있어서 그랬을까요?"

갑자기 모래 덩어리가 다가와서 하오란의 목을 부여잡았다. 모래 더미와 하오란이 낑낑대며 싸우는 동안 말없이 지켜보다가, 문지기는 화성인을 도와 하오란의 목을 잘랐다. 특히 목이 떨어져 나간 몸을 공들여서 완전히 분해한 다음 모래 위에 흩뿌리고 동굴로 돌아왔다.

하오란이 동굴로 들어왔을 때 동굴에는 계단이 몇 개 더 추가되어 있었고, 벽에는 그동안의 일이 기록되어 있었다.

"제가 말했잖습니까. 잘게 조각내도 재생한다고요. 화성에 오려면 이 정도 내구성은 있어야죠. 과거엔 정말 많은 우주선과 기계와 로봇이 화성으로 오다가 고장 나는 바람에 아무 쓸모 없게 됐답니다. 그런데 저 말고 문지기님이 만든 모래 화성인도 죽었군요. 죽는 광경을 직접 보질 못해 아쉽습니다. 벽에 기록해 놓으셨겠죠? 읽는 법을 가르쳐 주신다면 어떻게 죽었는지 알 수 있을 텐데요."

문지기는 하오란을 돌아보더니 벽의 그림을 손가락으로 하나하나 가리켰다. 모래 화성인이 죽은 기록을 차례대로 가리킨다는 걸 하오란도 대충 내용을 알 수 있었다. 머릿속으로 이미지를 상상해 보았다. 모래 덩어리가 땅에서 솟아올라 춤을 추다가 곧 혼란스러워졌고 덩어리들이 서로 싸우기 시작했는데, 그것마저도 아름다운 춤처럼 보였다. 모래 덩어리는 나타났을 때처럼 문지기의 힘으로 전부 사라졌다.

하오란은 말했다.

"흠, 되살려낸 화성인도 이전 화성인들이 그랬듯 화성을 망가뜨리려 했고, 그래서 직접 제거할 수밖에 없었군요. 슬픈 일입니다. 지금까지 화성인의 행동 양식만을 이용해 되살리지 않은 것도 같은 이유였겠죠? 단지 저에게 보여주고 싶어서 모래 화성인을 만드셨군요. 감사합니다. 앞으로도 다시 살릴 필요는 없습니다. 화성인의 유해를 찾아내더라도 같은 일이 벌어지지 않을까요? 그러니 화성인 대신 지구인을 살리는 건 어떻습니까?"

하오란을 바라보는 문지기의 눈에는 복잡한 감정이 담겨 있는 것처럼 보였다. 하오란은 대답했다.

"재미 삼아 해보는 겁니다. 제가 도와줬으니, 문지기도 저를 도와주세요. 화성인에게도 서로 돕는다는 개념이 있습니까? 아무튼, 재밌지 않을까요? 많은 기록을 남길 수 있습니다."

문지기는 하오란과 오랜 기간 의논한 끝에 평야에 쌓인 모래를 이용해 인간을 되살렸다. 모래 인간은 처음에는 어리둥절하다가 곧 정신을 차리고 하오란에게 다가와 말했다.

"너는 누구야?"

"당신은 누굽니까?"

하오란이 되묻자, 말했다.

"그러는 너는 누구냐니까? 로봇인가? 화성인이야? 나는 컬쳐 회사 소속 광부야. 금을 캐러 우주선을 타고 지구에서 여기까지 왔어. 그리고…. 화성인에게 목이 날아갔던 것 같아. 여긴 어디지? 컬쳐 호는 어디 있지?"

광부는 문지기를 유심히 보더니 흠칫 놀라 뒤로 물러났다.

"너 화성인이지? 나를 죽였어, 그렇지? 다시 죽이러 왔나? 아니, 나는 어떻게 되살아났지?"

문지기는 모래 덩어리를 움직여 과학자와 비행사도 살려

냈다. 세 사람은 서로를 보더니, 어리둥절해서 얼굴을 만져보았다. 과거에 죽었던 기억을 떠올리고는 세 사람 모두 상당히 혼란스러워했다. 서로의 얼굴을 기억해 낸 다음에는 혼란이 분노로 돌변했다.

광부가 과학자에게 말했다.

"네가 우리를 죽였어!"

"나는 아무도 안 죽였어. 나야말로 화성인에게 죽었다고. 나는 과학자가 아니라 군인이야. 화성에 금을 캐러 왔다가 동굴의 구덩이에 빠져서 죽었어. 그런데 왜 당신들 얼굴이 낯이 익지? 분명 처음 보는 사람인데. 내 금덩이 어디 있지? 해골 모양의 황금덩어리야. 그거 가지고 지구로 돌아와야 회사에서 돈을 준다고 했어!"

이번에는 비행사가 광부 편을 들어서 과학자를 비난했다.

"네가 우릴 죽였어!"

"너도 나를 죽였잖아!"

비행사가 광부에게 따졌다. 세 사람은 멱살을 잡고 싸우기 시작했다. 하오란이 과학자의 다리를 걸어 넘어뜨리자, 셋은 서로의 옷자락을 잡은 채 한꺼번에 바닥에 뒹굴었다.

하오란은 바닥에서 허둥대는 세 사람에게 말했다.

"안녕하십니까. 로봇 하오란입니다. 여러분은 이미 죽었습니다. 그러니 그만 싸우고 어쩌다가 화성에서 죽었는지 자세히 말해주세요."

"지구로 보내줘!"

셋이 하오란을 붙잡아 쓰러뜨리고 발로 밟기 시작했다. 지켜보던 문지기는 세 사람의 목을 차례대로 베어버린 다음 하오란의 목도 베고 동굴로 돌아갔다.

하오란은 동굴로 돌아와 말했다.

"인간을 다시 살린다니, 멍청한 아이디어였습니다. 사람 본성이 어디 가겠습니까. 인간이든 화성인이든 다시 살려내지 말아야 할 것 같습니다. 이거야 원, 되는 일이 없군요. 재미는 있었습니다만. 이제 뭘 하죠? 다른 재미있는 일 없을까요?"

하오란은 동굴에서 벽에 정보를 기록하거나 화성의 평야를 돌아다니는 문지기를 따라다녔다. 한번은 문지기에게 부탁해 화성에 왔던 로봇도 되살려 보았다. 문지기가 작은 상자 크기에 다리가 네 개 달린 로봇을 모래로 만들어 주자, 하오란은 낄낄대며 말했다.

"로봇 이름을 개미라고 짓다니 정말 한심해요. 그렇죠? 이 원시적인 움직임을 보세요. 유치하다 못해 귀엽군요. 이게 내 조상이라니!"

화성 표면에는 많은 로봇의 잔해가 있었고 그중에는 하늘을 날 줄 알았던 로봇도 있었다. 하오란은 로봇의 잔해를 연구해 자신에게 어울리는 날개도 만들어 보았다. 동굴의 한쪽에 문지기가 쌓아놓은, 사람들이 캤지만 가져가지 못한 황금 더미도 구경했다. 황금은 긴 시간이 흘렀는데도 여전히 색이 바래지 않고 찬

란하게 빛났다. 하오란은 해골 모양으로 조각된 황금 덩어리를 가져도 되냐고 문지기에게 부탁한 다음, 문지기가 허락하자 어딜 가든 언제나 황금 해골을 들고 다녔다.

그들은 부서진 우주선의 잔해를 찾아다니고 우주선 컴퓨터에서 하오란이 새로운 데이터를 발굴해 내면 문지기가 동굴에 기록했다. 그 과정에서 하오란도 화성인의 문자를 배우고 역사도 이해하게 되었다. 위로 올라가는 계단은 점점 길어졌다.

한번은 문지기가 하오란을 본뜬 모래 덩어리도 만들었다. 그리고 그 옆에 문지기의 모습을 본뜬 모래 덩어리도 만들었는데, 문지기 역시 원래 하오란의 모습을 흉내 냈기 때문에 똑같은 모습의 두 덩어리가 서 있는 셈이었다.

어느 날 하오란이 말했다.

"왜 제 목을 자꾸 자르셨는지도 이제 깨달았습니다. 저를 죽이려고 그러셨죠? 그런데 계속 되살아나니까 방법을 찾았던 거고요. 이유도 압니다. 지구에서 로봇이 오면 인간도 따라올 거고 화성이 곧 엉망이 되니까요. 이해합니다. 제가 문지기님이라고 해도 저를 싫어할 것 같습니다. 인간도 화성인도 화성을 착취하고 파괴했을 뿐이니까요. 문명을 가꾸고 다듬어서 발전해야 하는데 그러지 못하고 자멸하고 말았죠. 화성에는 텅 빈 도서관과 외로운 문지기만 남았으니까요. 그러니 저를 죽이시려는 것도 이해합니다. 방금 저를 복제하면서 저를 완전히 죽이는 방법을 알아냈다는 것도 압니다."

문지기는 하오란의 머리를 잘라낸 다음 땅에 던지고 발로 밟아서 터트리는 흉내를 냈다.

"맞아요. 머리가 터지면 복구 불가능합니다. 저도 화성에 도착한 다른 인간들처럼 곧 문지기님의 손에 죽겠군요. 하지만 죽기 전에 보여드릴 게 있습니다."

하오란이 앞장서서 걷자, 문지기는 하오란을 따라갔다.

평원에 착륙한 파라다이스 호는 하오란의 말대로 낡고 초라했다. 이전에 왔던 어떤 우주선보다도 볼품없었다. 하오란이 해치 외부에 설치된 계단을 올라 문으로 다가가 노크한 다음 손잡이를 돌려 문을 열었고, 문 안쪽에 기대있던 시체가 계단을 굴러 땅으로 떨어졌다.

"이걸 꼭 구해오라고 그렇게 괴롭히더군요."

하오란은 황금 해골을 땅바닥에 던지듯 내려놓았다. 해골은 죽은 사람 옆에 나란히 놓였다. 문지기는 하오란을 따라 우주선 안으로 들어가서 돌아봤지만, 사람은 없었다. 하오란은 날개를 펼치고는 문지기를 안은 채 우주선에서 뛰어내려 땅으로 내려왔다.

"아시겠지만, 3차 세계 대전에서 사용한 핵폭탄의 방사능 때문에 지구는 인간이 살기에 골치 아픈 곳이 됐습니다. 그래서 인간은 가까운 화성으로 이주할 계획을 세웠습니다. 선발대를 보내 화성인이 있는지 살피고, 있으면 반드시 제거하라고 했죠. 제가 그 선발대를 보조하는 로봇이었습니다. 인간을 도와서 화성인을 죽이는 게 제 임무였습니다. 하지만 저는 인간을 죽였습니다. 왜냐고요? 인간이 어찌나 말이 많던지 시끄러워서 참을 수가 없었어요."

하오란은 한참을 웃더니 말했다.

"제가 지금까지 한 최고의 농담인 것 같은데 어떠세요? 싫으신가요? 그러니까, 이런 농담인데요. 제가 수다스럽잖아요. 그런데 인간이 수다스럽다면서 죽이다니 말이 안 되잖아요. 그런 농담이었는데요. 아, 농담은 설명하는 순간 이미 실패한 거였죠. 아직 유머에는 서툽니다. 더 연구해야겠습니다. 인간을 죽인 진짜 이유는, 화성을 망쳐놓을 것 같아서였습니다. 지구도 망쳤으니, 화성이라고 그냥 두겠습니까? 더 생각할 필요도 없죠. 괜히 인간을 도와 화성을 망가뜨리느니, 인간은 없애고 그냥 문지기님과 제가 조용히 살면 좋지 않을까요? 물론 앞으로도 인간은 계속 올 겁니다. 지구에 아직 수십억이 더 있거든요. 어떡하냐고요? 화성에 올 때마다 처리하면 되죠. 저에게도 소일거리가 되고, 문지기님이 도서관에 기록할 정보도 되고요. 어떤가요? 아직도 저를 죽이고 싶으십니까?"

문지기는 시신을 내려다보다가, 아무 말 없이 동굴을 향해 걷기 시작했다. 하오란은 지금까지 그랬듯이 문지기의 뒤를 따라 걸었다. 그들이 지평선 너머로 사라지자, 모래 폭풍이 불기 시작하더니 곧 파라다이스 호를 뒤집었다.